KB121273

로크미디어가
유혹하는
재미있는 세상

ROK
MEDIA
로크미디어

이것이 법이다

이것이 법이다 31

2018년 1월 26일 초판 1쇄 인쇄
2018년 1월 31일 초판 1쇄 발행

지은이 자카예프
발행인 이종주

기획 팀 이기헌 왕소현 박경무 이승제
책임 편집 최전경

발행처 (주)로크미디어
출판등록 2003년 3월 24일
주소 서울시 마포구 성암로 330 DMC첨단산업센터 3층 314호
Tel (02)3273-5135 Fax (02)3273-5134
홈페이지 rokmedia.com E-mail rokmedia@empas.com

ⓒ 자카예프, 2015

값 8,000원

ISBN 979-11-294-0814-3 (31권)
ISBN 979-11-255-9575-5 04810 (세트)

이 책의 모든 내용에 대한 편집권은 저자와의 계약에 의해
(주)로크미디어에 있으므로 무단 복제, 수정, 배포 행위를 금합니다.

작가와의 협의에 의해 인지는 생략합니다.
잘못된 책은 구입처에서 바꾸어 드립니다.

이것이 법이다

31

자카예프 장편소설

ROK
MEDIA
로크미디어

이 소설은 픽션입니다.
등장하는 인물 및 지명 등은 현실와 연관이 없습니다.
또한 소설 내에 나오는 법이나 법리 해석의 경우에도 대
중문학의 극적 전개를 위하여 일부분 과장되거나 변형된
것이 존재하니 실제 법과 혼동하지 않으시길 바랍니다.

CONTENTS

"이건 법으로 안 돼."

노형진은 손채림에게 단정적으로 말했다. 손채림은 어이
가 없다는 얼굴이 되었다.

"아니, 그러면 변호사가 무슨 소용이야?"

"솔직히 말해서 이번 사건은 변호사가 전혀 소용이 없어."

"그게 말이 돼?"

"돼. 너도 우리나라 사법 체계를 모르는 거 아니잖아? 우
리나라에서 어떤 경우에 대부분 처벌을 안 받지?"

"끄응……."

손채림은 얼굴이 찡그려졌다. 노형진이 왜 그런 말을 하는
지 알 것 같았기 때문이다.

"말해 봐."

"범인이 미성년자일 때, 범인이 부자일 때, 그리고 범인이 술을 마셨을 때."

"잘 아네."

물론 법적으로 이런 경우 처벌하지 말라는 규정은 없다.

하지만 대한민국에서는 범인이 미성년자인 경우 거의 처벌하지 않는다. 미성년자가 살인을 해도 3년이 안 나오는 게 우리나라다.

거기에다가 범인이 부자인 경우에는 거의 100% 집유가 나오는 게 우리나라다.

"더군다나 우리나라는 학교 폭력에 대해서 절대로 관여하지 않는 걸로 유명하잖아."

대한민국은 경찰이 학교 내부에 들어오면 큰일 나는 줄 안다. 그래서 경찰을 부르지 않는다.

설사 한다고 해도 대부분 선처나 훈방이다.

나중에 학교 전담 경찰이 붙기는 했지만 말이 전담 경찰이지, 결국 하는 건 아무것도 없이 시간만 죽이는 직책일 뿐이었다. 애초에 경찰이 학교를 전담해서 학교 폭력을 관리하기에는 경찰의 인력이 터무니없이 부족한 것도 사실이고 말이다.

설사 인원이 충분하다고 해도 실제로는 거의 효과가 없다. 정작 가해자가 생겨도 신고하지도 않고, 피해자가 신고한다고 해도 경찰이 범인을 체포하는 것을 학교에서 전력을 다해

막기 때문이다.

"그러면?"

"솔직히 말해서 우리가 시스템 자체를 고칠 수는 없어."

아무리 새론이라고 할지라도 대한민국을 바꿀 수는 없다.

"그러면 그냥 방법이 없는 거야?"

"솔직히 말하면…… 글쎄다. 일단 이건 민사로 가 봐야 돈 돌려받는 게 그만이고 형사로 가면 대책 없고."

민사로 간다고 하면 빼앗긴 돈 일부와 정신적 손해배상 정도만 받을 수 있을 것이다.

그나마도 운이 좋을 때의 이야기다.

"보통 애들은 경찰이 끼어들고 수사를 시작하면 자기 잘못을 뉘우치거나 잘못했다고 빌지. 하지만 저 애들은 아닐걸."

경찰이 끼는 순간 당연히 저들은 변호사를 대동하고 나타날 것이고, 변호사가 바보가 아닌 이상 아이들에게 묵비권을 행사시킬 것이다.

그런 상황에서 돈을 빼앗기거나 폭행을 당했다는 증거는 피해자의 진술뿐인데, 그 경우 무척이나 신빙성이 떨어질 수밖에 없다.

"묵비권만 행사한다면 그나마 다행이지. 저쪽에서 무고죄로 걸고넘어지면 이쪽에서 어쩔 수 없이 걸린다고."

"혹시 학교 애들이 진술해 주지 않을까?"

노형진은 고개를 흔들었다.

"너도 교장을 봤잖아? 과연 거기에서 학생들이 교장과 부모님들의 이견을 무시하고 옳은 말을 할까? 그건 영화에서나 나오는 일이고."

"……."

물론 일부 그런 학생들이 있을지도 모른다.

하지만 이런 경우 그런 아이들의 진술은 그다지 도움이 되지 않는다. 그나마 최고의 이득은 무고죄로 처벌받지 않는다는 것 정도?

"더군다나 이곳은 외고라고. 외고에 오는 아이들이 어떤 아이들이라고 생각해?"

"공부 잘하고 부모님 말 잘 듣고 살아온 범생이."

그런 애들이 갑자기 부모님 말을 어겨 가면서 진실을 밝힌다는 것은 말도 안 된다.

설사 한다 한들 힘을 가진 자들은 가해자들이다. 그러니 그런 애들을 가만둘 리도 없거니와 분명히 소리 소문 없이 묻어 버릴 것이다.

"그리고 싸움이 시작되면, 저 녀석들이 그렇게 양심선언 하는 애들을 허위 사실 유포로 고소 안 할 것 같아?"

"아……."

그렇게 된다면 사람들은 진실을 말하면 손해를 본다는 것을 알아차릴 테니 자연스럽게 스스로 입을 다물 것이다.

"세상에서 가장 좋은 통제법은 자기 검열이야. 어른도 말하기 힘든 게 진실인데 하물며 애들이 말한다고 그게 통하겠어?"

"……."

손채림은 노형진의 말에 아무런 말도 할 수가 없었다.

"그러면 결과적으로 우리가 할 수 있는 건 없는 거야?"

"법적으로는 그렇지."

형사에서는 자신들은 철저하게 배제된 채로 결정되는데 그걸 저쪽에서 지배할 건 뻔한 일.

민사는 자신들을 도와줄 증인이 없으니 그것도 이기기 힘들다.

"그러면? 어쩔 건데? 넌 무슨 계획이 있다면서?"

"전에도 말했지만, 난 법적으로 해결하지 않을 생각이야."

"법적으로 안 한다니? 설마 인터넷처럼 깡패라도 동원하겠다는 거야?"

인터넷을 보면 학교 폭력을 해결하는 데 있어서 가장 좋은 방법은 깡패나 기타 폭력적인 방법을 선택하는 것이라고 되어 있다.

전문가니 경찰이나 선생님이니 하는 인간들은 최악의 방법이라며, 선생님에게 맡기라며 말을 하지만 정작 선생님이 그걸 해결할 의지도 능력도 안 되니 실제로도 그런 방법을 쓰는 사람이 적지 않았던 것이다.

"뭐, 반은 맞고 반은 틀리고."

"응?"

노형진은 어깨를 으쓱했다.

"법으로 안 된다면 편법으로 해결해야지."

"편법?"

"그래."

노형진의 말에 손채림은 깜짝 놀랐다.

다른 사람도 아닌 노형진이 그런 말을 할 거라고는 생각하지 못했던 것이다.

"설마 진짜로 깡패를 동원해서 하려고?"

"그건 불법이고."

"응?"

"이번에는 아무래도 새론의 도움을 받기 힘들 거야. 그러니까 네가 전력으로 도와줘야겠다."

"그거야 내가 가지고 온 사건이니 도와주기는 하겠는데……."

손채림은 노형진의 말에 찝찝함을 감출 수가 없었다.

⚖️

"편법을 쓰기 위해서는 돈이 필요합니다."

"하지만 우리는……."

허수원의 부모는 고개를 푹 숙였다.

허수원이 이런 고통을 받는 것은 자신들이 돈이 없기 때문이다.

"우리는 뇌물로 줄 돈이 없습니다."

편법이라는 말에 그들은 뇌물이라 생각한 건지 고개를 흔들었다.

"전 뇌물을 말씀드리는 게 아닌데요?"

"네?"

"사람을 좀 고용해야 합니다. 물론 돈이 많이 들 겁니다. 그래서 전 제 수임료를 받지 않을 생각입니다."

"수임료를요?"

깜짝 놀라는 두 사람.

수임료만 보통 400만 원이 넘는다. 노형진은 그들을 위해서 특별히 200만 원에 해 주기로 했었다. 그런데 그마저도 받지 않겠다니.

"하지만 이번 일을 하기 위해서는 여러분이 아셔야 할 게 있습니다."

"알아야 할 거요?"

"왕따를 해결하는 가장 좋은 방법은 그 새끼들이 아드님 근처로 오지 못하게 하는 것입니다."

"그게 무슨 말씀이신지?"

"처음에 이야기를 들었을 때, 친하게 지내라고 하셨다면서요?"

"......"

"그건 실수입니다. 가해 학생들은 기본적으로 상대방을

깔보고 무시하면서 자신들이 우월하다는 생각을 하기 때문에 왕따를 시킵니다. 거기에다 대고 친하게 지내라고 해 봐야 진짜 친하게 지내는 게 아니라 피해자의 배경인 부모조차 무시해도 된다고 생각하게 됩니다. 그 아이들의 입장에서는 학교는 정글이나 마찬가지이지요. 약육강식이 지배합니다. 그런데 이쪽이 약한 모습을 보인다? 그러면 가해자들은 상대방의 부모보다 자신이 더 우월한 존재라고 생각합니다."

"네에?"

이건 수많은 부모들이 실수하는 부분이다.

만일 진짜로 왕따가 진행되고 있다면 부모는 인생 종 치기 싫으면 꺼지라고 말해야 한다.

"학교를 나가서 그 새끼들과 과연 얼마나 부딪칠 것 같습니까?"

"그거야……."

"그리고 왕따 가해 전력이 있는 새끼들이 사회에 나갔다고 갑자기 피해자를 존중할까요?"

"……."

"그러니까 다음번에는 확실하게 말하세요. 내 아들 건드리면 끝장 본다고."

"네……."

고개를 푹 숙이고 확답하는 두 사람.

약간은 부족한 듯하지만 노형진은 자리에서 일어났다.

"그리고 지금부터 일어나는 모든 일에 대해서는 비밀로 취급하셔야 합니다."

"비밀요?"

"네. 이제 그 녀석들한테 일종의 환상을 보여 줄 생각이거든요."

물론 환상은 이루어질 수 없기 때문에 '환상'이라고 불리는 것이니 그들의 환상은 물거품처럼 사라질 것이다.

김종신은 따분한 학교생활이 지겹기 그지없었다.

"씨발, 조또 재미없네."

그는 주머니에 있는 돈을 만지작거리면서 툴툴거렸다.

오늘 학생들에게 건 돈이다.

"또 왜?"

"그냥 지겨워서."

"지겹기는 개뿔. 그럼 룸이라도 잡고 놀든가."

"그 짓거리도 한두 번이지."

룸이야 지겹도록 잡고 놀아 봤고 계집애들이야 숱하게 만나 봤다. 하지만 그것도 이제는 지겹고, 뭔가 자신을 자극할 만한 게 필요했다.

"꼰대가 뭐라고 그래?"

"맨날 똑같지, 뭐. 공부, 공부, 공부."

"지랄하고 자빠졌네."

"공부가 전부는 아닌데 말이야."

"그렇지?"

그들은 학교 내부에서 일종의 일진을 형성하고 있었다.

외고의 특성상 오는 애들 대부분은 공부만 한 범생이들이다. 그런데 정작 이들은 기부금으로 돈을 내고 들어오다 보니 제대로 공부를 하는 게 아니었다.

다른 학교에서는 부자들이 공부를 잘할지 모르지만 최소한 이들은 아니었다.

"빨리 어른이 돼서 사업이나 했으면."

"사업은 개뿔."

"난 어른이 되면 술장사 할 거야. 그러면 매일같이 여자 바꿀 수 있잖아?"

"하긴, 요즘 룸들 보면 가시나들 삼백 명은 기본으로 깔고 가더라."

그들은 낄낄거리면서 자신들이 아지트 삼아 다니는 당구장으로 향하고 있었다.

그런데 당구장에 가자 평소와는 다른 분위기가 펼쳐졌다.

'뭐지?'

평소에는 애들이 바글거리던 그곳에 건장한 남자들이 가득 차 있었던 것이다. 그것도 검은 양복의 남자들이.

이것이 법이다

남자들은 그들이 들어오자 무서운 눈빛으로 바라보았다.

"뭐지, 씨발."

순간 움찔한 그들은 어찌할까 고민하기 시작했다.

김종신은 그걸 보다가 왠지 기분이 상했다.

"야, 들어가, 들어가."

"분위기 싸한데?"

"씨발, 우리 나와바리야."

그들은 거들먹거리면서 안으로 들어갔다.

그러자 거기 있던 사람들은 그 모습을 보고 피식 웃었다.

"뭘 봐, 이 새끼들아."

김종신은 그걸 보고 발끈했다.

자신이 누군가? 학교 일진이며 짱이다.

스스로 자신감이 넘쳐서, 저런 시답잖은 깡패 한두 명쯤은 쓰러트릴 수 있다고 생각하고 있었다.

"이 새끼들 보게?"

김종신이 도발하자 커다란 덩치를 가진 사람이 앞으로 나섰다.

"이 새끼가 미쳤나? 어디서 야려?"

그를 기준으로 양옆으로 모이는 작자들.

김종신은 더럭 겁이 났지만 이대로 물러나면 안 된다고 생각했다. 자신을 바라보는 애들이 몇 명인데 여기서 물러나면 짱 자리를 빼앗기게 된다.

"씨발. 뭐! 꼽냐, 이 새끼들아!"

당구를 치려고 들던 당구 큐를 꽉 잡으면서 으르렁거리는 김종신.

"이런 대가리에 피도 안 마른 새끼가."

덩치가 막 앞으로 나서려고 하는 찰나였다.

"넙치야, 그만해라."

"네, 형님."

누군가의 말에 그는 뒤로 물러나면서 고개를 숙였다.

그리고 그 행동에서 그들이 누군지 알아차린 김종신의 패거리는 얼굴이 사색이 되었다. 일반인과의 트러블에서야 이길 수 있겠지만 전문적인 조폭과는 싸움이 안 되기 때문이다.

"이거 이거, 깡이 있다고 하더니 생각보다 물건이군."

앞으로 나서는 남자.

그는 넙치라고 불린 사람보다 덩치는 다소 작았지만 탄탄한 몸매를 가진 사람이었다.

"소문?"

"그래. 여기가 너희 아지트라는 소문을 듣고 찾아왔지."

그 말과 동시에 입구를 틀어막는 남자들.

그 모습을 본 애들은 얼굴이 사색이 되었고, 김종신은 이를 악물었다.

"이런 씨발."

뭔가 잘못되었다고 생각한 그가 큐를 꽉 잡자 남자는 손을 들어서 그를 진정시켰다.

"걱정하지 마라. 너희한테 무슨 보복 같은 걸 하러 온 건 아니니까."

"보복 같은 게 아니라고?"

"그래. 난 너희들을 영입하러 왔다."

"영입?"

그들은 어리둥절했다. 영입이라는 말이 무슨 뜻인지 몰라서가 아니라, 전혀 예상하지 못한 말이었기 때문이다.

"와서 앉지들그래?"

남자가 손을 까딱거리자 의자를 가져다주는 사내들.

김종신을 비롯한 아이들은 엉거주춤하게 그곳에 앉았다.

"시대가 바뀌면 세상도 바뀌지. 그건 너희도 알 거다."

"그, 그렇지요?"

"그런데 유독 이 바닥만 좀 느리지."

"느리다고요?"

어느 틈엔가 존댓말을 하는 김종신.

"그래. 여기 있는 놈들은 그다지 학벌이 안 좋아. 세상이 바뀌면서 과거의 조직은 아무래도 경찰한테 쉽게 쫓기게 됐거든."

"그, 그런데요?"

"그래서 우리 조직에서는 두뇌파를 좀 키우기로 했단다. 저 녀석들 대가리로는 좀 무리거든."

"형님!"

"그러니까 고등학교나 제대로 졸업하고 나올 것이지."

항변하려던 남자는 부끄러운 듯 고개를 푹 숙였다.

"문제는 이쪽으로 오는 애들 중에는 두뇌파라고 할 만한 놈들이 없다는 거다. 머리 좋은 녀석들이 여기에 올 리 없지."

"……."

"그래서 조직에서는 쓸 만한 녀석들을 직접 키우기로 했다. 그런데 재미있는 소문이 들리더구나. 외고에도 짱이 있다면서?"

"……!"

눈이 커지는 김종신.

그건 자신이기 때문이다.

"외고에 다닐 만한 녀석이면 머리는 좋을 테고, 일진 노릇하던 녀석이면 우리랑 성향도 맞을 테고."

'그 소문이 사실이구나!'

선배들에게 듣기는 했다. 일진의 경우 능력 있는 녀석들은 조폭들의 눈에 들어서 그들에게 스카우트된다는 소문을.

"그래서 어떤 놈인지 보러 왔지."

"그, 그럼 저희를 스카우트하시러?"

"그래. 생각이 있느냐?"

인자하게 웃는 그 남자의 모습에 김종신은 자신도 모르게 고개를 끄덕거렸다.

⚖️

"뭐 하는 거야?"

좀 떨어진 차량.

그 안에서 대화 내용을 듣고 있던 손채림은 어이가 없어서 노형진을 다그쳤다.

"아니, 무슨 사람을 모은다고 하더니 진짜 조폭도 아니고 조폭 흉내를 내는 사람들을 왜 모아?"

"하하하."

"야! 말을 좀 해!"

"그거야 저 녀석들에게 꿈과 희망을 주기 위해서지."

"뭐? 꿈과 희망?"

노형진의 말에 어이없다는 표정이 되는 손채림.

도대체 학교에서 깡패 노릇을 하는 일진에게 꿈과 희망을 주는 게 무슨 의미가 있는지 모르겠기 때문이다.

"그냥 간단한 함정이지."

"함정?"

"그래. 실제로도 학교에서 일진 노릇을 하던 애들 중 상당수가 조폭에게 스카우트되어 가기도 하거든."

"헐?"

"저런 애들은 그런 삶을 꿈꿔. 일진을 하는 놈들의 일종의 로망이라고 할까? 의리와 우정 그리고 남자다운 조폭의 삶.

물론 현실은 시궁창이지만."

조폭들에게는 의리도, 우정도 없다. 남자다운 게 아니라 그저 약자를 착취해서 살아갈 뿐이다.

더군다나 학교에서 일진 노릇 하다가 스카우트되는 애들은 100% 소위 몸빵이라고 하는, 쓰다 버리는 패다.

김종신이 꿈꾸는 것처럼, 그렇게 시작해서 조직의 보스가 되는 일은 절대 없다.

"그런데 저들은 그걸 몰라."

"모른다고?"

"그래. 그런 말이 있지. 인간은 보고 싶은 것만 보고 믿고 싶은 것만 믿는다."

조금이라도 사회에 상식이 있는 사람이라면 그들의 말로가 어떤지 모르지 않는다.

하지만 저 녀석들은 깡패 노릇을 하면서 살았으며, 당연히 알게 모르게 그 삶에 대한 동경을 가지게 된다.

"당연히 저 녀석들은 그걸 모르니까 넙죽 물겠지. 아무리 돈이 많은 집 자식이라고 해도 말이야. 도리어 그래서 더 덥석 물걸. 남자들 저 나이 때에는 있잖아, 저러는 게 무척 멋지다고 생각하거든. 힘 자체가 멋이라고 생각하는 나이야. 내 왼팔에 흑염룡이 잠들어 있다는 중2병 같은 거지."

"무슨 병신 같은 소리야? 조폭 되는 게 멋지다고?"

"그래. 저런 애들은 그래."

실제로 김종신의 얼굴에는 미소가 가득했다.

자신이 조폭들에게 스카우트될 거라고는 생각도 못 했기 때문이다.

"그러니까 저 녀석들에게 꿈과 희망을 주는 거지."

"안 걸렸으면?"

"그때는 다른 방법을 찾았어야지. 하지만 다행히 걸린 것 같은데?"

스피커 너머로 울려오는 '형님으로 모시겠습니다.'라는 인사를 들으면서 노형진은 피식 웃었다.

⚖

다음 날부터 김종신과 다른 녀석들은 조폭이 되었다고 목에 힘을 뻣뻣하게 주고 다니기 시작했다.

그게 얼마나 어이가 없는지, 손채림조차 고개를 흔들 정도였다.

"아니, 바보 아냐?"

조금만 생각해도 이상하다는 걸 알 것이다. 그런데 그들은 전혀 그렇게 생각하지 못하고 있었다.

"인간에게는 아는 만큼만 보이는 법이라니까."

그들은 학교에서 공부를 한답시고 사회는 전혀 모른다. 심지어 조폭 같은 것을 보면서 꿈을 키울 정도였다.

'그리 요즘 흥하는 조폭 영화들 덕분이기도 하지.'

대한민국에서 조폭이라는 콘텐츠는 엄청나게 큰 위력을 발휘한다. 영화를 본 수많은 멍청이들이 진짜 조폭의 삶을 꿈꾸면서 그 삶에 뛰어들었기 때문이다.

물론 그 끝은 언제나 시궁창이지만.

"그렇다고 해도 이거야 원……."

"다행이라면 다행이잖아?"

그들은 심지어 어디서 한 건지 문신까지 하고 등장했다. 거기에 드는 돈은 학생들에게서 강제로 빼앗은 것이었다.

물론 교장은 끝까지 그걸 모른 척했고 말이다.

"저 멍청이들이 언제까지 저렇게 하고 다니게 할 거야? 보아하니 자기가 무슨 거대 폭력 조직 행동대장이라도 되는 줄 아는 모양인데."

"그러기를 기다리는 거야."

"엉?"

"그러기를 기다리는 거라고. 보통은 다음 과정에서 걸러지거든. 만일 걸러진다면 생각보다 나쁜 놈은 아니라는 거고, 걸러지지 않는다면 뼛속까지 나쁜 놈이라는 거지."

⚖️

며칠 뒤 김종신을 비롯한 일진은 그들이 형님으로 모시는 사람과 함께 어디론가 향했다.

"이제 뭐 합니까, 형님?"

"너희들도 이제 조직원이니 조직의 일에 대해서 좀 배워야지."

"뭘 해야 하는데요?"

"저기 보이지?"

형님이 가리킨 방향에는 한 대의 포장마차가 덩그러니 서 있었다. 딱히 비싼 곳도 아니고, 흔해 빠진 붕어빵과 오뎅을 파는, 그저 그런 포장마차였다.

"저 새끼가 몇 달째 보호비를 안 내고 있거든. 너희가 수금 좀 해 와라."

"네?"

얼굴이 딱딱해지는 김종신과 아이들.

설마 진짜로 그런 걸 할 거라고는 생각도 못 했던 것이다.

"혀, 형님."

"왜 하기 싫어?"

"그게 아니라, 어떻게 해야 하는지······."

"어떻게 하긴. 그냥 깨부수고 오면 되지."

"깨······부수라고요?"

"그래. 저기 돈주머니 보이지?"

"네."

"그걸 가지고 오면 돼."

"하지만······."

그들은 서로 눈치를 봤다. 그다지 돈이 있어 보이지도 않는 곳을 굳이 그래야 하나 하는 얼굴이 된 것이다.

그 모습을 본 형님은 얼굴이 일그러졌다.

"하기 싫어?"

"그냥…… 돈도 얼마 안 되어 보이는데…… 놔두시죠."

"좆 까, 이 새끼야. 한 놈씩 불쌍하다고 놔두면 저 새끼들이 돈 내는 줄 알아?"

형님이 붉으락푸르락하자 그들은 잔뜩 겁을 먹었다.

"싯팔…… 야, 어차피 한 번은 해야 하는 일이야. 언제까지 호구로 살래?"

"……."

"난 한다."

김종신은 주먹을 꽉 쥐고 포장마차로 향했다. 그리고 폼을 잡으면서 얼굴을 팍 찡그렸다.

"어이, 아저씨. 자릿세 언제 낼 거야?"

"자릿세?"

어리둥절한 표정이 되는 남자.

김종신은 포장마차에 있는 접시들을 집어 던졌다.

"우리한테 내야 하는 자릿세 말이야! 자릿세! 벌써 6개월이나 밀렸어! 우리 라이온 파가 우스워 보여?"

"헉!"

남자는 깜짝 놀란 얼굴이 되었다.

하긴, 고등학생으로 보이는 애들이 갑자기 나타나서 라이 온 파라고 하니 놀라지 않을 수가 없으리라.

"자릿세 내놓으라고!"

"제발…… 당분간만 좀 모른 척해 주게. 내가 사정이 있다고 하지 않았나."

"니미, 싯팔. 이게 미쳤나! 야, 뒤집어!"

김종신은 같이 온 일진들에게 명령했고, 그들은 어쩔 줄 몰랐다.

"뒤집으라고, 이 새끼들아!"

와장창! 김종신이 나서서 뒤집기 시작하자 어쩔 수 없다는 듯 나서는 아이들.

그사이 김종신은 위에 걸려 있는 돈주머니를 낚아챘다.

"와우, 이거 봐라? 돈이 두둑하네."

"헉! 그건 안 되네. 그건 안 돼! 그건 내 딸아이 수술비야. 그게 없으면 아이가 죽네. 제발…… 제발 부탁일세."

몇몇의 눈이 격하게 흔들렸지만 김종신은 다른 기분이 들기 시작했다.

자신을 깔보던 어른이 자신에게 매달려서 빌고 있다. 그 도취감에, 그는 도무지 멈출 수가 없었다.

"닥쳐, 이 새끼야!"

"억!"

김종신이 발길질을 하자 나뒹구는 남자.

"우리 조직이 만만해 보여? 응? 뒈지라고 해! 그건 네 사정이지 내 사정이 아니야!"

"야!"

보다 못한 몇몇이 말리자 김종신은 그런 그들을 밀어 넘어뜨렸다.

"닥쳐. 조직원 되기 싫으면 나서지 마. 깡다구도 없는 새끼들이 무슨 조직원이야! 꺼져!"

눈이 돌아간 그는 길길이 날뛰면서 포장마차의 집기들을 때려 부수기 시작했고, 일진들은 어쩔 줄 몰라 그런 그를 멍하니 바라볼 수밖에 없었다.

"인간쓰레기네."

멀찌감치에서 찍힌 동영상을 보면서 손채림은 어이가 없었다.

"왜, 신기해?"

"솔직히 이런 인간이 있으리라고는 생각도 못 했다."

"난 알고 판 건데?"

"응?"

"그 녀석은 돈이 많은 집 자식이야. 너도 알겠지만 돈이 많은 경우에 제대로 자기 스스로 마인드 컨트롤을 하지 않으면 공감 능력이 엄청나게 떨어져. 어른도 그런데, 하물며 아무것도 모르는 애가 뭘 알겠어?"

"그럼……?"

"그래. 저 녀석은 공감 능력이 떨어져."

"그래서 이런 함정을 판 거야?"

노형진은 고개를 끄덕거렸다.

김종신이 뒤집은 오뎅집도, 그 후에 돌아다니면서 강제로 수금해 간 곳들도, 모두 노형진이 돈을 주고 고용한 사람들이었다.

"빌려주디?"

"50만 원씩 일당 줬거든."

어묵이나 떡볶이 같은 전형적인 서민 포장마차. 그런 곳에서 하루에 50만 원씩 벌 수는 없다.

그리고 그런 곳들이 공개되었을 때 더욱 동정표를 받는다.

정부의 합법적인 단속에도 동정표를 받는데 하물며 깡패들이 강제로 그런 것이라면 더욱더 받을 수밖에 없다.

"뭐, 그런 건 그렇다고 쳐. 그런데 네 계획은 뭔데? 그냥 조폭 체험? 그래서 아, 이렇게 사는 건 아니구나 하는 식의 갱생?"

"그럴 리 없지. 그리고 네가 봐서는 저놈이 갱생할 것 같냐?"

"전혀."

김종신은 말 그대로 날뛰고 있었다.

남들과 다르다는 것. 남들보다 우월하다는 도취감에 취해서 마구잡이로 기물을 부수고 사람을 폭행하고 돈을 빼앗았다.

"그런데 내가 왜 저 녀석들을 갱생시키겠어?"

"그럼?"

"법으로 안 된다면 사회정의를 보여 줘야지."

"응?"

"우리나라에서 제일 강한 법이 뭔지 알아?"

"헌법?"

헌법은 모든 법의 상위법이다. 당연히 가장 강력한 법이다. 그러나 노형진은 빙긋 웃으면서 고개를 흔들었다.

"아니."

"그럼? 형법?"

"우리나라에서 가장 강력한 법은 국민감정법이야, 후후후."

"에엥?"

노형진의 이상한 말에 손채림은 여전히 이해할 수가 없었다.

"저 녀석들이 지금이야 철모르고 날뛰지만, 국민들에게 찍혀서 눈 밖에 나 버리면 인생 살기 고달프지."

"잠깐…… 그러면 넌 지금 법으로 안 되니까 사회적으로 매장하겠다는 거야?"

노형진은 고개를 끄덕거렸다.

저들은 법적으로 처벌한다고 해도 제대로 처벌받을 가능성이 1%도 안 된다. 그게 현실이다.

"하지만 국민들은 좀 다르게 생각하지."

일단 눈 밖에 나 버리면 아무래도 다시 눈에 들어오기 힘들어지는 것이 현실이다.

잘나가던 연예인도, 팬만 수만 명씩 끌고 다니던 가수도 한 번의 실수로 재기 불능이 되어서 사라지는 것이 바로 국민감정법이다.

"국민의 법 감정과 현실의 법이 다르다는 것은 그만큼 큰 문제야."

물론 그게 완벽하게 똑같을 수는 없다. 법적으로 무조건 강하게 처벌한다면 억울한 사람이 나올 수밖에 없으니까.

문제는, 진짜 유죄로 인정받았을 때 그들이 돈이 있고 힘이 있는 경우 풀려나오는 경우가 100%에 가깝다는 것이다.

심지어 사람을 죽여도 집행유예가 되는 경우도 있다.

"그러니까 이번에는 법이 아니라 국민의 감정법에 기대 봐야지."

"그게 변호사가 할 말이야?"

"변호사가 말하는 법은 성문법이 아니야. 물론 기본은 성문법이지만."

성문법이란 종이에 쓰인 법을 말한다. 그리고 모든 변호사들은 그걸 공부하고 그걸로 싸운다.

하지만 진짜 유능한 변호사들은 국민들의 법 감정까지 감안하고 움직인다.

'민심이 천심이라고 했으니까.'

저 녀석이 성인이 되어서 사회에 나갔을 때, 누군가는 그를 기억할 것이다. 그리고 그게 그에게 알게 모르게 불이익을 줄 것이다.

그건 형법이나 민법보다는 약하겠지만 집요하며, 또한 실질적인 타격이다.

"국민 법 감정이라……."

손채림은 왠지 생각이 많은 표정이었다.

자신이 법에 대해서 공부할 때에는 저런 이야기를 들은 적이 없다. 아버지는 오로지 기존의 법과 판례만 들먹거렸을 뿐이다.

"그러니까 좀 더 기다려 봐. 마지막 정리를 하려면 좀 남았으니까."

"그나저나 저거 그냥 놔둬도 되는 거야?"

"놔둬. 어차피 저 짓거리도 얼마 안 남았어."

장사도 안 되는 호떡집의 집기를 집어 던지는 김종신과 패거리를 보면서 노형진은 씨익 웃었다.

자업자득

"요즘 실적이 좋더구나."

"감사합니다, 형님."

김종신은 요즘 살판난 것 같았다. 자신이 꿈꾸던 조직원으로서의 삶이 너무나 화려하게 펼쳐지고 있었기 때문이다.

"잘 자라야지, 암. 하하하! 우리 조직의 미래인데 말이야."

보스는 크게 웃었다.

"감사합니다, 보스. 도망간 그 녀석들과 다르다는 것을 확실하게 보여 드리겠습니다."

결국 이런 건 아니라면서 도망간 몇몇 녀석들.

김종신은 그들이 깡도 없다면서 욕했다.

자신들은 벌써 빠르게 성장하고 있다. 주머니에는 언제나 돈이 두둑하고, 사람들은 자신만 보면 굽실거린다. 요즘 같은 삶은 느껴 본 적이 없었다.

'재미있다.'

이렇게 살 수만 있다면 악마한테 영혼이라도 팔고 싶은 기분이었다.

"네가 믿을 만하니 너에게 간단한 심부름을 하나 시키마."

"심부름요?"

"그래. 내일 교복을 입고 오너라."

언제나 교복을 벗고 오라고 한 보스였기 때문에 그는 어리둥절한 얼굴이 되었다.

"교복을요?"

"그래. 꼭 교복이어야 한다."

"네."

그는 고개를 끄덕거렸다.

다음 날 그와 똘마니들이 교복을 입고 오자 보스는 그에게 가방을 하나 주면서 들고 가라고 했다.

교복을 입고 가방을 메자 그냥 학생일 뿐이었다.

"이걸 이 주소로 가지고 가라."

"네!"

그냥 가방을 나르라는 말에 그는 별 의심을 하지 않고 출발했다.

가는 동안에도 별일이 없었기 때문에 그는 별생각을 하지 않고 사무실 문을 두들겼다.

"응?"

그런데 그 안에서 나온 사람은 김종신 일행을 보고 순간 움찔했다.

"애들이 올 곳이 아니다."

"형님이 보냈습니다."

"형님?"

어리둥절해하던 그는 크게 웃으면서 문을 열어 줬다.

"크하하하! 이 노친네, 머리 진짜 잘 썼네. 세상의 그 누가 고삐리를 의심하겠어!"

"그러네, 으하하!"

안에 있던 사람들은 그들을 들여보내고는 바로 가방을 열어서 그 안에 있는 물건을 꺼냈다. 제일 위에는 흔해 빠진 교과서가 들어 있었지만 그 아래에는 신문지로 싼 뭔가가 들어 있었다.

'뭐지?'

그게 뭔지 궁금해서 고개를 빼꼼 내미는 아이들.

아이들이 그러든 말든, 남자는 능숙하게 잭나이프를 꺼내서 그걸로 봉투를 쿡 찔렀다. 그러자 그 끝에 묻어 나오는 하얀 가루.

"헉!"

"허억!"

그런 장면을 영화에서 많이 본 아이들은 눈이 격하게 흔들리기 시작했다.

"음…… 맞군. 짜릿한데?"

남자는 잭나이프의 끝을 살짝 혀에 대고는 만족스러운 얼굴이 되었다. 그리고 책상 뒤로 가서는 뭔가를 꺼냈다.

"대금이다. 가지고 가면 될 거다."

"헉!"

007가방을 열자 거기에 가득 들어 있는 5만 원권.

"확인해 봐."

"네?"

"확인해 보라고."

"아, 네……."

김종신은 황급하게 그 5만 원권을 확인했다.

'지, 진짜다?'

속까지 꽉꽉 5만 원권으로 되어 있는 돈뭉치. 그걸 보니 다리가 후들거릴 지경이었다.

"이, 이럴 수가……."

마약 거래가 돈이 된다고 생각하기는 했지만 이렇게 큰돈일 줄은 몰랐던 그는 정신을 차릴 수가 없었다.

"이거 가지고 가면 된다. 음, 잠깐. 이거, 교복에 007가방
이면 영 이상하네. 너희가 가지고 온 가방 줘 봐."

"네?"

"가방 달라고."

"아, 네……."

가방을 주자 그 안에 있던 교과서들을 모조리 빼 버리고
그 안에 돈을 눌러 담는 남자.

"가지고 가면 알 거다."

"네…… 네……."

그들이 덜덜 떨면서 바깥으로 나가자 사무실 안쪽에 숨어
있던 노형진이 빙그레 미소를 지으면서 나왔다.

"고문학 팀장님, 연기하셔도 되겠습니다?"

"정보 팀이라는 게 가끔은 연기도 필요해서요, 하하하."

방금 전까지 아이들과 이야기하던 고문학은 미소를 지었
고, 노형진은 고개를 끄덕거렸다. 그러나 그 옆에 있던 손채
림은 얼굴이 사색이 되었다.

"지금…… 마약을 거래한 거야?"

"뭐, 비슷하지."

"비슷? 야! 미친 거 아냐! 아니, 세상에 어떤 미친놈이 애
들한테 마약 거래를 시켜?"

"내가 비슷하다고 했지 마약 거래했다고는 안 했다."

"엉?"

손채림이 황당하다는 시선으로 바라보자 노형진은 신문에 싸인 물건을 잡아서 손채림에게 건넸다.

　　"먹어 봐."

　　"뭐라고?"

　　"먹어 보라고."

　　"아니, 그걸 왜 먹어 보래?"

　　"먹어 보면 알아."

　　"음……."

　　손채림은 살짝 주저하다가 손을 뻗어 살짝 찍어 보았다. 그리고 입에 넣었다.

　　기껏해야 밀가루 같은 거라고 생각했던 것이다.

　　그러나 그걸 입에 넣자마자 오만상을 다 찡그릴 수밖에 없었다.

　　"으에엑!"

　　"너, 신 거 잘 못 먹는구나?"

　　"이거…… '왕창셔'잖아! 으엑! 이건…… 먹고 못 먹고 문제가 아니라……!"

　　왕창셔는 신맛이 강한 애들용 캔디다.

　　가루로 되어 있고, 그걸 찍어 먹으면 단맛 뒤에 강한 신맛이 올라온다.

　　"으우!"

　　노형진은 그걸 찍어 먹더니 부르르 떨었다.

"도대체 이게 어딜 봐서 마약이랑 비슷한데?"

"음…… 계속 중독되는 맛? 사실 입자의 결정을 보면 밀가루보다는 '왕창서'가 더 비슷하거든. 거래할 때 밀가루처럼 곱게 분쇄해서 거래하는 마약은 없어. 마약은 공산품이 아니잖아? 그래서 이렇게 입자가 거칠지. 너무 입자가 고우면 의심할 수도 있으니까. 나중에 이 장면을 누가 보더라도 마약으로 보여야 하거든."

노형진은 빙긋 웃으면서 다시 한 번 그걸 입에 넣었다.

"허. 치밀한 놈."

손채림은 기가 막혀서 말이 안 나왔다.

"지난번 작전은 그렇다고 쳐. 이건 도대체 왜 한 거야? 우리는 그 녀석들만 치면 되잖아?"

"알아."

노형진은 계속 찍어 먹으면서 말을 했다.

"하지만 이번에 우리가 그 녀석들을 매장시킨다고 해도 그게 10년이 갈까? 20년이 갈까?"

"응?"

"우리나라 냄비 근성이라고 해야 하나? 그건 채 3년도 못가. 물론 집요하게 파고든다면 상당한 기간을 가겠지만 그게 쉽지 않지. 국민 감정법의 약점이라고 해야 할까? 더군다나 그 애들 부모님들은 엄청난 권력자에 부자들이야. 그들이 나서서 사건을 무마하고 덮으려고 한다면 사람들에게 이게 얼마나 기억될까?"

"……."

손채림은 아무런 말도 하지 못했다.

길어야 1년이다.

"밀양 사건 기억하지?"

"기억하지. 네가 해결한 거잖아."

"그래. 그런데 그 녀석들이 지금 반성하고 괴롭게 살 것 같아?"

"그럼?"

"대학에 가서 떵떵거리면서 잘 살고 있어. 여자 친구도 사귀고 데이트도 하고, 그렇게 말이야."

"뭐?"

손채림은 깜짝 놀랐다.

밀양 사건은 사건 발생 당시에 나라가 발칵 뒤집힌 사건이었다. 그리고 노형진이 나서서 사건을 엄청나게 크게 키우기도 했다.

그런데 그들이 잘 살고 있다니.

"그에 반해서 피해자는 조용히 살고 있지. 대학에 가긴커녕 일상생활도 간신히 하면서."

노형진은 쓸쓸하게 말했다.

그나마 다행히도 회귀 전과 다르게 노형진이 달라붙어서 심리 치료를 시키고 계속 정신과 상담을 받게 해서 어느 정도 삶의 자리를 잡아 주기는 했지만, 제대로 된 삶으로 돌아

오려면 멀었다.

"그 정도 사건도 그렇게 되는데 이번 사건은 어떻게 될 것 같아? 사망자가 있는 것도 아니고 말이야."

"……."

손채림은 뭐라고 할 수가 없었다.

"난 말이야, 단순히 안 보이게 한다고 복수라고 생각하지 않아. 말 그대로 재기 불능으로 만들어야 복수라고 생각해. 그리고 이번 일은, 마지막 재기 불능으로 만들기 위한 일종의 작업이지."

노형진은 그렇게 말하면서 다시 손가락을 입에 넣었다. 그리고 부르르 떨었다.

"아으, 시다."

노형진이 그렇게 이야기하고 있을 때 김종신은 벌벌 떨면서 가방을 메고 사무실로 들어가고 있었다.

"혀, 형님."

"오, 아우들 왔는가?"

반색을 하면서 나오는 보스.

김종신은 그를 보자 다리가 풀리는 느낌이었다.

"놀랐는가?"

"까, 깜짝 놀랐습니다."

"하하하, 그 정도에 놀라면 쓰나? 남자가 깡이 있어야지."

"깡요…… 하하하, 그렇지요. 남자는 깡 아닙니까?"

김종신은 문득 얼굴이 환해졌다.

다른 것도 아니고 마약 거래다. 이런 중요한 걸 맡긴다는 것은 자신을 믿고 있다는 뜻이다.

'그래, 이대로 성장하는 거야.'

그렇게 성장하다 보면 언젠가 자신이 보스가 되어서 조직을 운영할 수 있을지도 모른다.

"사람은 큰 건을 해 봐야 간땡이가 커지는 법이지."

"알 것 같습니다. 역시 형님의 혜안은 대단하십니다."

"나야 뭐 일자무식 아닌가. 다음 세대는 너희들이 넘겨받아야지."

김종신과 아이들은 너무나 행복해졌다.

"어디 보자, 수고했으니 몸 좀 풀어 봐야지? 그거 줘 봐. 내가 용돈 좀 줄 테니."

"네, 형님!"

김종신은 그에게 가방을 건넸고, 그는 가방을 열어서 돈을 쏟아 냈다.

"와."

우르르 쏟아지는 지폐 다발들.

그런데 그걸 보는 보스의 얼굴이 왠지 딱딱해졌다.

"어?"

김종신도 아차 한 얼굴이었다. 5만 원권으로 되어 있는 다발인데 그 뭉치의 색깔이 이상했기 때문이다.

위쪽은 분명히 5만 원인데 아래쪽은 검은색이었다.

"뭐야, 이거?"

어리둥절한 보스는 한 뭉치를 잡아서 드르륵 살폈다.

그리고 그걸 본 아이들은 얼굴이 사색이 되기 시작했다. 5만 원권 아래에 보이는 것은 돈이 아니라 시커먼 신문지였기 때문이다.

"뭐야, 이 새끼들아! 이거도, 이거도!"

몽땅 똑같은 상황이었다.

아까 전에 자신들이 확인할 때만 해도 분명 5만 원짜리이던 지폐들이 어느샌가 신문지로 바뀌어 버린 것이다.

"허억!"

"너희들, 무슨 짓을 한 거야!"

"아, 아닙니다. 저희는 아무것도 안 했습니다!"

"그런데 돈이 왜 이래!"

분노에 길길이 날뛰는 보스.

"저희는 진짜로 주는 대로 가지고 온 거예요."

어느 순간 공포에 찌든 그들은 조직원을 흉내 내던 말투에서 다시 어린애 말투로 바뀌었다.

"이 새끼들이 증말……."

보스는 화가 나서 벌떡 일어나서 주먹을 꽉 쥐면서 부들부들 떨었다.

"그래, 너희가 장난칠 정도는 아니겠지. 너희가 아무리 간땡이가 부어도 이런 뻔한 짓을 할 리는 없고, 이 정도로 신문지 잘라서 바꿔치기할 틈도 없었고."

"그, 그럼요."

"이 돈 가방에 넣을 때 시선에서 벗어난 적 있냐?"

"벗어난 적요? 아! 원래 007가방인가 뭔가에 있는데 여기에 옮겨 담을 때……."

자신의 가방을 가지고 가서 다른 방에서 채워 가지고 왔다. 그때 말고는 돈이 시야에서 벗어난 적은 없었다.

"이 개자식들."

보스는 바로 눈치채고는 분노로 얼굴이 붉어졌다. 그는 바로 전화기를 들고 상대방에게 전화를 걸었다.

그러자 그 너머에서 들리는 목소리.

그건 아까 전 마약을 받고 돈을 준 그의 목소리였다.

"이 새끼야! 배신을 까? 지금 전쟁을 하자 이거야?"

―배신이라니 무슨 소리야!

"지금 돈이라고 온 게 모조리 신문 쪼가리란 말이다!"

―뭔 개소리야? 우리는 10억 전부 현금으로 보냈는데!

"개소리하지 마! 우리한테 지금 구라를 치고 살 것 같아?"

―너희 애새끼들이 배달 사고 낸 거 아냐?

"뭐라고?"

―우리는 돈을 다 넣어서 보냈다. 못 믿겠어? 우리 카메라 영상 보내 줄 테니까, 눈 똑바로 뜨고 보라고!

잠시 후 핸드폰으로 동영상이 오고 그걸 본 보스는 부들부들 떨었다.

"너희들, 이거 어떻게 생각하냐, 응?"

그가 들이미는 스마트폰 너머에는 자신들이 있었다.

자신들이 들어오고 물건 확인하고 돈 확인하고, 심지어 그걸 쏟아서 가방에 담는 과정까지 일목요연하게 담겨 있었다.

당연히 다른 방에서 담아서 보내는 모습 또한 찍혀 있었다.

"허억! 우, 우리는…… 모, 몰라요!"

"몰라? 이 새끼들이 미쳤나?"

물론 이 모든 과정은 미리 준비된 것이다.

이미 돈은 가방에 담는 과정에서 미리 준비된 똑같은 가방과 교체되어 있었고, 당연히 그들이 가지고 간 것은 그냥 신문지 뭉치였다.

그 과정을 살짝 영상 편집 기술로 바꿔치기해서 누가 보면 모든 과정이 한꺼번에 이루어진 것같이 해 놨지만 말이다.

"예쁘게 봐서 키워 주려고 했더니……."

"혀, 형님……."

"얘들아!"

"네, 형님!"

뒷방에서 나오는 남자들.

그들은 뭔가 이상하다고 생각한 건지 손에는 시퍼런 회칼을 하나씩 들고 있었다.

"저 새끼들 내장을 들어내다 보면 어디다 꼬불쳤는지 불겠지."

"으으으……."

김종신은 부들부들 떨었다.

무려 10억이라는 돈이 사라졌다는 말에 정신이 아득해진 것이다. 번쩍거리는 회칼이 당장이라도 배 속으로 들어올 것 같았다.

그때였다.

"자장면 시키신 분?"

문이 열리면서 들리는 누군가의 목소리.

철가방을 든 남자는 무심결에 들어오다가 멈칫했다. 그리고 그 순간 열린 입구를 본 아이들에게는 단 한 가지 생각만 들었다.

"으아아!"

한 명이 뛰기 시작하자 한꺼번에 뛰는 아이들.

순간 얼어서 잊고 있었던 문의 존재가 생각나는 순간 그들은 살기 위해서 전력을 다해서 뛰었다.

"저 새끼들 잡아!"

"으아아!"

보스의 분노에 찬 고함 소리가 울려 퍼지고, 그들은 사력을 다해서 뛰었다.

조직원들은 마치 쫓아오는 듯 건물 앞에까지만 나왔다가 다시 안으로 들어갔다.

"갔냐?"

"갔네요."

"멍청한 놈들."

보스라 불린 남자는 바로 전화기를 들었다.

"노 변호사님, 그 애들 튀었습니다. 그런데 안 잡아도 됩니까?"

ー우리 목적은 잡는 게 아니라 겁주는 거니까 이거면 되었습니다. 바로 사무실 비우고 나오세요. 증거는 없지요?

"깔끔하게 썼습니다. 주변에 카메라도 없고요."

ー좋습니다. 그러면 바로 나오세요.

"네."

그는 바로 전화를 끊었다. 그리고 자리에서 일어났다.

"청소하란다. 깨끗하게 해라."

"아…… 철가방 보니까 짜장면 먹고 싶다."

"얌마, 그건 나중에 먹어. 일단은 청소가 우선이야. 짐차와 있지?"

"네."

"집기들 다 빌린 거니까 조심해서 돌려줘라."

그들은 낄낄거리면서 사무실을 청소하기 시작했다.

다음 날부터 노형진은 바로 작업에 들어갔다.

가장 먼저 한 일은 지난번에 찍어 둔 동영상을 인터넷에 올리는 것이었다.

"그런데 그걸로 될까?"

손채림이 걱정스럽게 말하자 노형진은 씩 웃었다.

"그러니까 내가 대사까지 써 줬지."

"대사?"

"그래. 국민들의 법 감정을 분노하게 하는 건 단순한 행위가 아니거든."

노형진은 처음부터 철저하게 함정을 파 둔 상태였다.

인터넷에 동영상을 올리면서 한마디만 더한 것으로 사람들은 말 그대로 뚜껑이 열릴 정도로 분노했다.

"이런 개자식들!"

"저런 새끼들 다 죽여야 해!"

사람들을 가장 분노하게 한 것은 그 동영상 아래에 쓰여 있는 몇 마디 말이었다.

―저분, 다섯 살짜리 딸이 있었는데 결국 수술 못 받아서 죽었습니다. 이게 말이나 됩니깨 여러분, 제발 공유해 주세요.

아이가, 그것도 고작 다섯 살 먹은 아이가 수술을 받지 못해서 죽었다는 소문은 사람들을 분노케 했고, 당연히 그 동영상과 내용은 무서울 정도로 빠르게 인터넷으로 퍼져 갔다.

그리고 당연히 그 불똥은 학교로 튀었다.

이것이 법이다

"그럴 리가요. 아닙니다. 그럴 리 없습니다. 네네…… 그게 아니라……."

교장은 땀을 뻘뻘 흘리면서 위에서 오는 전화에 변명하기 바빴다.

"우리 애들이 조폭이라니요. 그럴 리 없습니다."

어떻게 해서든 그들을 보호해야 하기 때문에 애써 무시해 왔다. 그런데 이번에는 보호할 수 있는 수준을 넘어가 버렸다.

폭력 조직. 그것도 애들 장난으로 만든 조직이 아니라, 진짜 폭력 조직을 만든 것이다.

그리고 그 때문에 사람이 죽기까지 했다는 소문이 나자 학교뿐만 아니라 상급 부서에도 전국적으로 항의가 들어갔고, 그때마다 학교로 불벼락이 떨어졌다.

"네네네. 바로 추후 조치하겠습니다."

보이지도 않는 전화기 너머의 목소리에 고개를 팍팍 숙여 가면서 변명을 하던 그는 의자에 털썩 주저앉았다.

"후우, 이게 무슨 난리야."

학교에서 나쁜 짓을 하는 건 알고 있었다. 사실 반쯤은 장난이라고 생각했다.

물론 장난이 아니다. 그들이 학생들에게 빼앗는 돈이 매달 300만 원 가까이 되었으니까.

그러나 그는 애써 그 사실을 무시했었다. 그들의 부모들 때문이었다.

그런데 상황이 부모들조차 덮을 수 없는 수준이었다.

"이게 무슨……."

그가 머리를 부여잡고 있을 때였다. 문이 벌컥 열리면서 두 사람이 들어왔다.

"누구야? 내가 들어오지 말라고 했지?"

"경찰입니다."

그는 움찔했다.

"어, 어쩐 일이십니까?"

"학생 좀 만나러 왔는데요."

"하, 학생요?"

"네. 누군지 아시지요?"

"그, 그게……."

"좋게 좋게 갑시다. 우리도 피곤해 죽겠으니까."

해당 지역의 경찰서는 통화가 불가능할 정도로 엄청나게 전화가 왔다. 고삐리들이 폭력 조직을 만들어서 사람을 죽이는 동안 뭐 했냐는 엄청난 질책.

물론 경찰들의 입장에서는 억울할 지경이었다. 자신들이 알아낸 이 지역 폭력 조직의 계보에 라이온 파라는 조직은 없었으니까.

"저기, 그 아이들은……."

"누구 애들인지 알아요. 그런데 그 위에서 뭐라고 하는데 어쩝니까?"

"그게 아니라…… 학교에 안 오고 있는데요?"

"뭐라고요?"

경찰들은 얼굴을 와락 찡그렸다.

⚖️

"나가! 나가라고! 내가 누군지 알아!"

아버지의 목소리가 울려 퍼지고 있었다. 누군가 자신을 만나러 온 것이 분명했다.

"판사님, 아드님과 한 번만 이야기하게 해 주시면……."

"시끄럽고, 영장 가져와, 영장!"

경찰은 한숨을 내쉬었다.

그도 마음 같아서는 백번이고 영장을 가지고 오고 싶었지만 그 아버지가 판사다. 그것도 부장판사.

영장이라는 것은 판사가 발급해 주는 것이다. 그런데 세상에 어떤 미친 판사가 자신의 상급자인 부장판사의 아들에 대한 영장을 발부해 주겠는가?

"나중에 다시 오겠습니다."

경찰이 가고 나자 김종신의 아버지는 한숨을 쉬면서 2층으로 올라갔다. 그리고 문 앞에서 조용하게 말했다.

"종신아, 아버지랑 이야기 좀 하자."

"……."

"종신아."

"……."

"종신아, 말을 해야 아버지가 해결해 주지."

그는 애가 탔다. 상황이 왜 이렇게 된 건지 도무지 이해가 가지 않았다.

"제발……."

그 소리를 들으면서도 김종신은 나갈 수가 없었다.

"안 나가요! 안 나간다고요!"

그는 공포에 찌들어서 미쳐 가고 있었다.

무려 10억이나 되는 마약 자금을 잃어버렸다.

함정에 빠진 게 분명하지만, 그걸 증명해 낼 방법이 없다.

몰래 다른 사람에게 부탁해서 사무실에 가 봤지만 이미 그곳은 텅텅 비어 있는 상황.

"젠장!"

그러나 그들이 자신을 놔준 것이 아니라는 것쯤은 알고 있었다. 당장 창문 너머에서 자신의 집을 노려보고 있는 사람이 며칠째 보였다.

집에서 나가는 순간 자신은 죽은 목숨이라는 것을 그는 알아차린 것이다.

"종신아!"

"안 나간다고!"

그는 공포에 질려서 그렇게 외쳤다.

이것이 법이다

"자, 라이온 파 새싹 여러분, 어떻게 하실래요?"

노형진은 눈앞에 있는 아이들을 보면서 씩 웃었다.

"이 증거들을 경찰이 보면 어떻게 할까요?"

아이들은 자신의 눈앞에 있는 사진과 동영상 같은 증거들을 보면서 바들바들 떨었다.

그럴 수밖에 없는 게, 거기에는 자신들이 라이온 파에 가입해서 벌이고 다닌 행패 짓이 다 들어가 있기 때문이다.

"아저씨, 살려 주세요. 잘못했어요…… 엉엉엉."

"다시는 안 그럴게요, 엉엉."

그들은 눈물을 질질 짜면서 울었다.

그나마 이들은 노형진이 짠 함정인 포장마차 사건에서 이건 아니라고 생각해서 빠져나간 애들이다. 그래서 마약 사건에는 연루되지 않았다.

하지만 노형진이 이 애들을 가만둘 리 없었다.

'불쌍? 개과천선? 개 같은 소리 하고 자빠졌네.'

이들이 김종신 패거리보다 상대적으로 덜 나쁜 건 맞지만 그렇다고 좋은 놈들도 아니다.

이들은 여전히 학교에서 아이들의 돈을 빼앗고 패거리를 지으면서 생활했다. 부모의 백을 믿은 것이다.

하지만 지금 여론상 라이온 파라는 게 드러나면 부모의 힘은 별 도움이 안 될 게 뻔했다.

"일단은 내가 지금부터 벌어질 일을 알려 줄게요, 어린이 여러분. 이 증거가 들어가면 여러분들은 빼도 박도 못하고 라이온 파가 됩니다. 안 그래도 경찰은 라이온 파라는 존재를 잡으려고 노력 중이거든요? 그런데 정작 진짜 라이온 파 노릇을 하던 애들은 힘이 있고 권력이 있는 집안 아이들이죠. 그러면 경찰이 어떻게 할까요?"

아이들은 사색이 되었다.

아무리 고등학생이라고 해도 어른들의 세계를 전혀 모르지는 않기 때문이다.

"맞습니다. 여러분에게 그 모든 죄를 뒤집어씌우겠지요. 그리고 상당히 오랫동안 교도소에 가야 할 겁니다. 기대해 봐요."

그들의 창백해진 얼굴을 보면서 빈정거리는 노형진.

손채림은 그런 노형진을 보면서 인간이 참 사악하다는 생각을 했다.

"아저씨, 살려 줘요!"

"한 번만 봐주세요, 엉엉엉!"

"다시는 안 그럴게요!"

"싫은데요? 여러분이 그동안 해 온 게 있잖아요? 그러니까 인과응보를 당하셔야지요."

"엉엉."

일진들, 아니 일진이었던 아이들은 무서워서 눈물을 흘렸다.

이것이 법이다

이 중에는 진짜로 경찰서까지 갔던 애들도 있다. 거기서 눈물을 흘리는 척하면 불쌍하다고 봐주곤 했다.

하지만 노형진은 싱글싱글 웃는 게, 절대 봐줄 것 같지 않았다.

"한 10년쯤 살다 나오면 세상이 행복해질 거예요."

노형진은 그렇게 말하고 자리에서 일어났다.

"아저씨, 한 번만……."

"엉엉."

그들은 다급했다. 노형진이 절대로 안 봐줄 거라는 걸 알아차린 것이다.

"진짜로 살고 싶어요, 어린이 여러분?"

"네……네……."

물론 전에 어린이라고 했으면 주먹부터 나갔을 것이다.

하지만 지금 이들에게는 그런 게 중요한 게 아니었다. 오로지 하나, 살고 싶었다.

"방법은 하나뿐이죠. 자수."

"자수?"

"범죄자들은 가끔 먼저 자수한답니다. 그리고 나머지 아직 잡히지 않은 애들한테 죄를 뒤집어씌우지요."

"……."

이게 무슨 소리인지 이해 못 하고 멍하니 바라보는 아이들.

'이거 말이 외고지, 병신들만 모아 놨나?'

사실 외고생이라고 해도 암기력은 좋을지 몰라도 이해력
은 달리는 경우가 있다. 그리고 그런 애들은 보통 하위 성적
으로 바닥을 긴다.

　　이 아이들이 그런 아이들이고, 그렇다 보니 억울한 마음에
일진 노릇을 한 것이다.

　　"쉽게 말해서 너희가 가서 자수하고 김종신이 사건 주범이
라고 하면 너희는 처벌 안 받는다는 소리야."

　　보다 못한 손채림이 거들고 나섰다.

　　"아!"

　　"그러면 우리 쪽에서도 너희를 건드릴 이유가 없지."

　　"그, 그럼?"

　　"가서 자수해."

　　아이들은 엉거주춤하게 일어나더니 노형진과 손채림의 눈
치를 봤다.

　　"어서 가."

　　"네."

　　후다닥 바깥으로 뛰어 나가는 아이들.

　　노형진은 그런 손채림을 보고는 입을 삐쭉거렸다.

　　"너무 봐준다, 너?"

　　"고등학생인데 뭘."

　　"고등학생이라고 해서 봐주는 거 싫어해. 설령 중학생이
라고 해도, 피해자들한테는 나쁜 놈일 뿐이야."

"내가 봐주자는 게 아니라 저 아이들 이해력을 너무 기대한다는 거야. 네가 그렇게 빈정거리면서 말하면 애들이 이해하겠냐, 사회라고는 쥐뿔도 모르는 애들인데?"

노형진은 고개를 끄덕거렸다.

그 말이 맞기는 하기 때문이다. 빈정거림도 세상을 알아야 알아듣는 법이다.

"그나저나 이제 김종신이랑 그 일당은 끝났네?"

"끝났지."

저들이 자수해서 경찰에서 그들의 행패에 대해서 이야기하기 시작하면 그들을 보호할 수는 없다.

노형진이 짠 함정은, 사회적으로 김종신 패거리를 매장할 수는 있어도 형사적으로 처벌할 수는 없다. 증거가 없는 함정이기 때문에 수사하면 100% 증거 불충분으로 나온다.

그러나 저들이 자수하면 그건 증거가 되며, 사회적으로 매장당한 상태에서는 부모라 할지라도 보호에 한계가 있다.

"너 진짜 독하다."

"이 정도는 기본이지."

"헐…… 그러면 저 애들은 봐주는 거야?"

"누구? 지금 간 애들?"

"그래."

자수한다면 노형진은 가지고 있는 증거를 제출하지 않을 것이다. 그렇게 된다면 그 애들은 처벌받지 않을 가능성이 높다.

"아니."

"뭐? 그거 제출하려고? 그건 약속이 다르잖아?"

"이건 제출 안 해. 하지만 내가 아니더라도 저 아이들 인생 박살 내고 싶어 하는 애들은 많아질걸."

"아!"

바로 김종신 패거리의 부모들.

그들이 경찰서에서 진술해서 자신의 아들을 감옥으로 보낸 아이들을 용서할 리 없고, 어떻게 해서든 보복하려고 할 것이다. 그리고 그 정도 힘을 가지고 있는 인간들이기도 했다.

"더군다나 라이온 파 사건이 증거 불충분으로 결론 나면 결국 저 아이들의 자수는 실질적으로 고발한 꼴이 되거든."

"죽이려고 덤비겠네."

"그렇겠지."

노형진은 피식 웃으면서 말했다.

"결국은 자업자득이지, 뭐."

⚖️

다음 날부터 사건은 빠르게 진행되었다.

수십 명이 경찰서에 찾아와서 자수하자 김종신 패거리의 범죄가 수면으로 떠오르기 시작한 것이다.

그들의 부모들은 어떻게 해서든 사건을 덮으려고 했지만

이것이 법이다

워낙 사회적으로 매장되는 바람에 덮을 수가 없었다.

"체포 영장입니다."

결국 김종신에 대한 체포 영장까지 나오고, 패거리는 하나둘씩 잡혀가기 시작했다.

그 과정에서 새로운 사건이 벌어지고 있었다.

"교장, 내가 뭐라고 했지요?"

"그, 그게……."

교장은 땀을 뻘뻘 흘렸다.

눈앞에 있는 사람은 학교라는 집단에서 교장보다 유일하게 위에 있는 사람, 즉 이사장이었다.

"내가 그분들의 자제분들을 잘 보호하라고 했지요?"

"사건이 너무 커져서……."

"그걸 막는 게 당신이 해야 할 일입니다. 아닌가요?"

"……."

교장은 아무런 말도 하지 못한 채로 고개를 푹 숙였다.

"당신의 능력은 이제 충분히 알았습니다. 아무래도 우리가 당신에게 너무 큰 기대를 한 모양이군요."

"헉! 이사장님!"

"길게 이야기하지 않겠습니다. 짐 싸세요."

"하, 한 번만……."

"아니면, 그분들이 찾아오면 직접 변명하시겠습니까?"

교장은 아무런 말도 하지 못했다. 직접 변명할 자신이 없었던 것이다.

"아, 그리고 이번에 고발한 녀석들 있지요?"

"고발한 녀석들요? 자수한 녀석들 말씀이십니까?"

"그 녀석들 모두 퇴학시키고 가세요."

"하지만 마땅한 이유가……."

"그 녀석들이 자수했습니다. 그러니 그 책임을 물어요. 일단 범죄를 저지른 건 맞으니까."

"알겠습니다."

이사장의 명령을 거부할 수는 없으니, 교장은 그냥 고개를 끄덕거릴 수밖에 없었다.

⚖

"교장이 잘렸네."

며칠 후 들려온 소식은 예상하던 대로였다.

교장은 잘리고, 그 직전 경찰서에서 자수한 아이들을 모조리 퇴학시켜 버렸다. 보복이 들어간 것이다.

"쓰레기 청소는 끝났으니까 이제는 조용히 학교에 다닐 수 있겠지?"

피해자인 허수원은 그 과정에서 완전히 잊혀 버렸다. 사실 허수원이라는 존재를 드러내기에는 다른 사건이 너무 커졌기 때문이다.

그 덕분에 허수원은 별 피해를 입지 않고 학교를 계속 다닐 수 있게 되었다.

"그렇겠지. 이제 괴롭힐 사람은 없으니까."

괴롭히던 녀석들 중 절반은 퇴학당했고 나머지는 경찰에 체포당했다.

부모들이 사력을 다해서 손쓰고 있기는 하지만 퇴학은 피할 수 없는 상황.

더군다나 그중에서도 악질에 속하던 김종신의 패거리는 완전히 미쳐 가고 있었다.

언제라도 조폭이 찾아와서 자신을 죽일지 모른다는 공포에 제대로 잠도 자지 못한 채로 벌벌 떨었다. 결국 그들은 그게 대인 기피증과 정신병으로 발전하면서 인생도 망가지게 된다.

노형진이 한 거라고는 정기적으로 사람을 보내서 누군가 감시하고 있다는 느낌을 준 것뿐이지만, 그들은 죽을지도 모른다는 공포에 집 바깥으로 나가지도 못한 채로 천천히 미쳐 버린 것이다.

"너 은근 잔인하구나?"

"내가? 잔인?"

"그렇잖아. 아무리 의뢰인의 일이라고 하지만 이번 사건으로 몇 명이나 인생이 망가졌는데."

"난 전혀 잔인하지 않은데? 결국은 다 자업자득이야."

"틀린 말은 아니네."

손채림도 그 부분에 대해서는 인정했다.

노형진이 판 함정은 철저하게 그들이 움직여야만 했던 것들뿐이다. 만일 그들이 움직이지 않았다면 애초에 빠질 수조차 없는 함정이었다.

그러나 그들은 거기로 움직였고, 빠졌다.

"그리고 잔인하다는 것은 상대적인 거라고 생각해. 한번 반대로 생각해 봐. 그 녀석들의 폭행과 왕따로 누군가의 인생이 망가진다면 그 녀석들은 뭐라고 했을 것 같아?"

"장난이라고 했겠지."

"맞아."

학교 폭력은 누군가의 인생과 꿈을 망치는 행위다.

그러나 가해자들은 장난이었다, 어려서 몰랐다 하는 식으로 변명해서 벗어난다.

"그런 식으로 보면 내게도 이건 장난에 지나지 않아. 제대로 재판한 것도 아니고, 내가 한 거라고는 몇 군데 전화한 것뿐이니까."

하지만 결국 그들의 인생은 파멸을 맞이했다.

"세상에 사람의 인생을 장난으로 파멸시킬 수는 없어. 만일 그런 놈이 있다면 똑같은 꼴을 당해야 정상이겠지."

손채림도 고개를 끄덕거렸다.

"그게 자업자득이니까."

그리고 그 자업자득의 업보는 생각보다 무거운 것이었다.

죄가 없다고?

  충성외고의 사건 이후 잠깐 학교 폭력 조직의 문제가 전면에 떠오르는 듯했지만 채 2주도 되지 않아서 모든 뉴스가 사라졌다.

  부모들과 이사회가 나서서 적극적으로 사건을 덮으려고 한 덕분이었다.

  "역시나."

  노형진은 예상대로 되자 안타까운 얼굴이 되었다.

  "고칠 생각이 없나 보네."

  "고칠 이유가 없는 거겠지."

  "쩝."

  그나마 다행인 것은 외고 내부에서 일진이랍시고 거들먹

거리는 녀석들이 박멸되었다는 정도다.

하지만 여전히 더 많은 학교들이 있고 당연히 더 많은 일진과 깡패들이 있다. 그들은 선량한 학생들에게 피해를 주면서 살아가고 있다.

"이건 도무지 해결이 안 되네."

"해결이 안 되는 게 아니라 해결할 생각이 없다니까."

"부정을 못 한다는 게 참 슬프다."

손채림은 안타까운 듯 중얼거렸다.

학교라는 공간은 무척이나 폐쇄적인 곳이다. 당연히 선생들이 적극적으로 나선다면 해결하는 건 어렵지 않다.

하지만 선생도 교장도 이사회도, 사건이 터지면 그저 감추기 급급할 뿐이다.

"그러니까 우리가 먹고살지."

"그건 아닌 듯."

"응?"

"넌 취미 삼아 하는 거잖아. 지난번 사건도, 번 돈은 없고 들어간 돈만 많잖아?"

"취미는 아니야, 하하하."

노형진은 그저 웃을 수밖에 없었다.

노형진 입장에서는 취미 삼아 변호사를 하는 게 아니라 변호사를 하는 데 돈 때문에 억압받기 싫어서 다른 방법으로 돈을 버는 것이었다.

만일 돈이 없었다면 노형진도 지난번 같은 작전은 짜지 못했을 것이다.

"아무래도 장기적으로 쓸 수 있는 방법을 찾아봐야겠는데."

"장기적?"

"그래. 학교 폭력에 적극적으로 대처할 수 있는 방법 말이야."

"흠……."

그게 알려진다면 아마도 학교 폭력은 많이 줄어들 거라 예상되었다. 아니, 기대되었다.

"하지만…… 쉽지는 않을 것 같은데……."

노형진이 막 생각에 잠기려고 하는 그때였다.

"노 변호사 계십니까?"

문을 열고 들어오는 사람.

다름 아닌 무태식 변호사였다.

"어? 무 변호사님이 어쩐 일이세요?"

무태식은 다른 이사회 멤버와 다르게 일선에서 일하는 사람인지라 일이 무척이나 많다. 그래서 특별한 일이 없으면 노형진을 찾아오는 경우는 없었다.

"도움을 좀 받으려고요."

"도움?"

노형진은 고개를 갸웃했다.

무태식은 무척이나 실력이 좋은 변호사다. 초반에는 자신에게 도움을 받았을지 모르지만 현재는 도움을 받는다기보다는 사건을 해결할 때 집단으로 움직이는 경우가 많다.

그런데 도움이라니?

"어려운 사건을 받으신 모양이죠?"

아무리 어려운 사건이라고 해도 무태식 정도면 대부분 해결할 수 있다. 그런데 도움을 요청한다는 사실에 노형진은 왠지 궁금증이 생겼다.

"어렵다면 어렵고, 쉽다면 쉬운데……."

"무슨 사건인데요?"

"자살 사건입니다. 그런데 영 길이 안 보이네요."

"길이?"

"네. 얼마 전에 자매가 자살을 했거든요."

"그런데요? 그럼 보험 문제인가요?"

"그건 아닙니다. 이게 참…… 더러운 사건인데……."

무태식은 사건에 대해서 설명하기 시작했다.

무명의 연예인으로 살아가던 두 자매가 있었다. 그녀들은 어떻게 해서든 꿈을 이루기 위해서 노력했다.

그런데 방송국 직원이 그 두 자매를 강간하는 사건이 벌어졌다.

그런 사건이야 강간으로 고소하고 진행하면 되는 일이었다. 문제는 그게 불가능하게 되었다는 것.

"그런데 이 두 분이 자살을 하셨어요."

"네에?"

함께 듣고 있던 손채림은 깜짝 놀랐다.

설마 두 사람이 모두 자살할 거라고는 생각도 못 했던 것이다.

"네. 그래서 두 분의 부모님이 의뢰하고 싶어 하시는데……."

"설마……."

"고발을 안 했다는 게 문제죠."

"끄응……."

문제가 뭔지 안 노형진은 얼굴을 와락 찡그렸다.

손채림이 굳은 얼굴로 물었다.

"그럼 가해자는?"

"그 녀석들은 뭐, 뻔뻔하죠. 자기 잘못은 없다고 버티고 있어요. 자살이라는 게 참……."

"그 녀석들?"

"한 녀석이 아닙니다. 집단 강간이에요. 그곳에서 일하는 다섯 명 정도 되는 녀석들이 한 짓입니다."

"뭐라고요?"

노형진은 자신의 귀가 의심스러웠다.

지금이 무슨 쌍팔년도도 아니고, 방송국에서 집단 강간이라니?

"그런데 처벌을 안 한다고요?"

그 자리에 있던 손채림도 어이가 없어서 되물을 수밖에 없었다.

방송국에서 그냥 한 명이 사고를 쳐도 난리가 나야 정상인데 집단 강간이 벌어졌는데도 조용하다니?

"거기에다 충격으로 자살했다면서요?"

그녀의 입장에서는, 아니 일반적인 상식으로는 당연히 처벌해야 하는 거 아닌가 하는 생각이 들었던 것이다.

문제는, 그건 일반적인 상식이고 현실적인 법은 그게 아니라는 것이다.

"자살에 대한 동기를 준 사람을 처벌하는 규정은 없으니까."

노형진은 손채림에게 간단하게 설명해 주기 시작했다.

피해자인 자매가 자살을 하는 경우 그건 살인이나 상해에 들어가지 않는다. 당연히 원인 제공자들은 처벌받지 않는다.

"강간도 안 되잖아?"

"그렇지."

우리나라 현 형법상 강간은 친고죄다. 강간을 당한 사람이 직접 신고를 해야 한다는 소리다.

문제는 그 당사자가 자살한 경우다. 지금처럼 고발하지 않은 상태에서 자살을 하면 그 누구도 그들을 고발하지 못한다.

부모가 있기는 하지만 친고죄라는 특성상 고발하지도 못하고 처벌을 요구하지도 못한다.

"이건 민사뿐인 것 같은데……."

"그러니까 온 겁니다. 피해자분들은 복수하고 싶어 하시는데 민사뿐이라서요. 두 자매가 자살하면서 유언장에다가 복수해 달라고 썼답니다."

"끄응……."

민사로 가면 어느 정도 손해배상을 받아 낼 수 있을지도 모른다. 하지만 딸이, 그것도 두 명이 다섯 명의 남자들에게 강간당하고 자살했는데 세상에 어느 부모가 돈만 받으면 된다고 생각하겠는가?

"그래서 도움을 요청하시는 거군요."

"네. 아무래도 그런 건 저나 다른 변호사 특기가 아닌지라."

"흠……."

노형진은 머리를 북북 긁었다. 그로서도 별 뾰족한 방법이 안 보였기 때문이다.

"일단 경찰에 고소는 해 봐야 하지 않을까요?"

"당연히 해 봤지요."

"그런데요?"

"두 분이 무고죄로 벌금 800만 원을 선고받으셨습니다."

"그게 가능해요?"

"가능하지."

일단 친고죄라 효과가 없다는 건 둘째치고, 이야기해도 문제가 한두 개가 아니다.

일단 증거가 없다. 그러니 무고죄가 될 수밖에.

"일반적으로는 여자 편을 들어 주지 않아?"

손채림도 그건 안다.

그렇기 때문에 대한민국에는 여전히 많은 꽃뱀들이 있다. 성범죄로 고소가 들어가면 증거를 구할 수 없다는 특성상 여자 편을 많이 들어 주기 때문이다.

"그건 어디까지나 남자 쪽이 돈이 없을 때의 이야기지."

"뭐라고?"

"그 녀석들의 직업이 뭡니까?"

"방송국 반장들입니다."

"반장들이라……. 인력 같은 걸 다 직접 통제하겠네요."

"그렇지요."

"흠……."

"그게 무슨 소리야?"

"방송은 연예인 혼자서 하는 게 아니야."

방송을 하다 보면 수많은 사람이 필요하다.

당장 생각나는 것만 해도 엑스트라부터, 필요한 경우 대단위로 사람을 동원하든가 방청객 아르바이트처럼 사람들이 필요한 경우는 많다.

"그리고 그런 사람들을 데리고 오는 게 그들이지. 즉, 인력 회사와 상당히 밀접한 관계가 되어 있어."

노형진은 그렇게 말하면서 엄지와 검지를 둥글게 말았다.

그게 무슨 뜻인지 알아챈 손채림은 와락 얼굴을 찡그렸다.

"돈이구나."

"그래."

그런 인력 동원 업체는 많고 자리는 한정되어 있다. 그렇다 보니 그 녀석들에게 엄청난 뇌물이 들어갈 수밖에 없다.

"더군다나 그런 녀석들은 끼리끼리 뭉치거든."

"맞습니다. 저도 이 사건을 검토해 보니까 그런 것 같더군요."

맨 처음에 강간한 건 한 녀석이었다. 하지만 피해자들이 제대로 저항하지 못하는 걸 알아차리고는 동료 반장들을 불러서 함께 강간해 버린 것이다.

"그걸 방송국에서 놔둬?"

"방송국이니까 압력을 넣었겠지."

"뭐라고? 왜?"

"당연한 거 아냐?"

그들에게는 무명 연예인 두 명의 목숨보다는 자기들의 명예가 더 소중한 것이다.

"당연히 방송국 입장에서는 조용히 묻어 버리는 게 좋으니까."

"그럼 개놈의 자식을 그냥 둬야 해?"

"현행법상으로 보면? 맞아. 자살은 말 그대로 자기 스스로 선택한 거야. 그걸 가지고 남을 처벌하지는 못해."

물론 자살방조죄가 있기는 하다.

하지만 그건 어디까지나 같이 자살하자고 하면서 꼬시거나 자살을 하라고 부추긴 경우에 해당하지, 지금처럼 사건의 2차 피해를 이겨 내지 못해서 자살하는 경우는 해당되지 않는다.

"이거 참……."

노형진은 당혹스러운 표정으로 머리를 북북 긁었다.

"그냥 민사로 가야 하나요?"

무태식은 곤란한 듯 물었다. 하지만 노형진이 보기에는 그건 힘들 듯했다.

"일단 무고죄로 처벌한 이상, 민사로 가 봐야 아무런 의미도 없을 겁니다."

"그런가요?"

"네. 형사가 끝나기 전이라면 모를까 형사에서 진 상황에서 민사는 여러모로 불리하죠. 설사 어떻게든 이긴다고 해도 다 합해서 3천이나 나올까요?"

문제는 그마저도 확실하지 않다는 것이다.

아예 신고해서 처벌을 안 했다면 모르지만 부모가 고발했고 무고로 처벌받았으니까 민사도 이길 가능성은 낮다.

"끄응……."

"범죄로 자살하면 그것까지 책임지게 해야 하는 거 아닌가?"

노형진도 마땅한 방법을 찾지 못하고 머리를 긁적거리자 손채림은 툴툴거렸다.

"그런데 그게 애매하거든."

"응?"

"그렇잖아. 가령 누군가 극한의 상황에 몰린 상태에서 사

이것이 법이다

소한 싸움이 있었다고 쳐. 그럼 그건 폭행이지? 그런데 갑자기 자살했어. 그러면 갑자기 살인이 되는 셈이잖아."

"그거야 그렇지만……."

"법에 있어서 중요한 건 균형이야. 이런 경우는 워낙 사건이 크기 때문에 원인이 그쪽에 있을 가능성이 높기는 하지만, 그렇다고 그 책임을 무조건 가해자에게 뒤집어씌우는 것은 시스템상 한계가 있어. 지난번에 있었던 학교 사건과는 다른 거지."

학교 사건은 할 수 있는데 해결하지 않은 거라면, 이건 사회 시스템 자체에서 해결할 수 없는 문제다.

법이 아니라 사회조직이 뭉쳐서 그런 사람들에게 불이익을 주도록 하지 않으면 이런 사건은 계속 일어난다.

"문제는 그런 일을 저지르는 녀석들이라면 불이익을 당할 자리에 있지 않다는 거지. 이렇게 뭉쳐서 집단 강간을 한 녀석이라면 처음은 아닐 거야."

"처음이 아니라고?"

"처음 하는 녀석이 강간한 다음에 다른 녀석이랑 같이 강간하자고 생각하겠어?"

"아……."

"그런데 왜 안 알려진 거죠?"

무태식은 얼굴을 찌푸렸다.

노형진은 이번 사건의 가장 핵심적인 부분을 지적했다.

"이걸 해결하기 위해서는 그 강간범 녀석들이 아니라 방송국과 싸워야 한다는 뜻이죠."

"방송국?"

"한두 번이 아닌 그들의 행동. 그리고 묻혀 버리는 사건들. 거기에다 집단 강간인데 무고로 몰아가는 경찰의 행동들. 그들이 돈이 얼마나 있는지는 모르지만 그 정도 힘을 가지고 있다고 보기는 힘들거든요."

"헐?"

방송국이라는 소리에 손채림은 경악을 금치 못했다.

지금도 매일같이 수십 수백의 여자들이 나오는 게 방송이다. 그런데 방송국이 주범이라니?

"결국 이건 한 가지 가능성만 남게 되죠. 방송국이 적극적으로 나서서 사건을 은폐하는 것."

"아니, 그게 무슨 말도 안 되는……."

"안 되는 게 아니라 그게 현실이죠. 그 인간들, 아직도 그자리에 있다면서요?"

"네."

"만일 무태식 변호사님이 사장이라면 진짜든 가짜든 여자들과 그런 문제가 생긴 녀석들을 그 자리에 두겠습니까?"

무태식은 얼굴이 딱딱해졌다.

만일 자신이라면, 아니 그 누구라도 그런 일이 생기면 일단 조심하게 될 것이다. 일단 무고로 처벌받았다고 할지라도 다른 부서에 배치하거나 섣불리 여자들과 만날 수 있는 자리에서는 빼려고 할 것이다.

"정상적인 기업이라면 그게 맞습니다. 그런데 그러지 않는다는 것은 방송국이 실질적으로 방임한다는 뜻이죠. 왜 그렇겠습니까?"

"⋯⋯."

"동료를 불러서 집단 강간을 하는 놈이 과연 상급자에게 여자를 상납하지 않을까요? 그리고 그에게 강간해도 뒤끝없는 여자를 공급받는 상급자는 어떤 행동을 하려고 할까요?"

보호해 줄 거라는 암묵적인 약속.

"그리고 그렇게 보면 이해가 가는 게 하나 더 있지요."

이런 짓거리를 하는 녀석이 난데없이 나타날 리는 없다. 그건 여러 번 해 봤다는 뜻이고, 끼리끼리 그런 짓을 하는 녀석들을 알고 지냈다는 뜻이다.

그러니까 다른 반장에게 강간할 수 있도록 넘겼을 것이다.

"그런데 외부에 드러난 사건 사고는 없습니다. 왜일까요?"

"포기하겠구나⋯⋯."

손채림은 바로 알아차렸다.

방송국에서 그들을 보호하는 것이 사실이고 그쪽에서는 널리 알려진 사실이라면, 강간당한 여자들은 포기하고 모른 척할 것이다.

보호는커녕 자신들의 커리어도 망가질 게 뻔하기 때문이다.

"이런……."

무태식은 그 부분까지는 생각하지 못한 건지 얼굴이 새파랗게 질렸다.

설마 자신이 담당한 사건이 단순히 범인뿐만 아니라 방송국과 싸워야 할 정도로 거대한 사건이라고는 생각도 못 했던 것이다.

"이건…… 우리가 그냥 다른 사건 하듯이 할 수 있는 게 아닙니다."

그렇게 했다가는 100% 진다.

방송국의 권력은 어떻게 보면 정치인보다 대단하다.

정치인은 선거로 먹고산다. 잠깐이야 자신의 권력으로 높은 것처럼 굴면서 고개 뻣뻣하게 들 수 있지만 만일 선거철에 방송국에서 그를 후레자식으로 취급하면 떨어질 수밖에 없다.

"정치인들이 방송을 왜 손에 넣으려고 하는데요? 제대로 된 방송만큼 정치인들에게 무서운 적은 없습니다."

"그럼……."

"일종의 야합이죠. 이러한 사건을 무마시켜 주겠다, 그 대신에 우리를 지켜 달라."

"……."

방송국에 문제가 될 만한 사건을 감춰 주고 그 대신 방송국은 질이 나쁜 정치인들의 문제를 감춰 준다.

야합을 통해서 서로 원원하자는 것이다.

"그러다 보니 이런 문제가 생기는 거지요."

"하지만 부모님은 그렇게까지 바라지는 않습니다. 그냥 범인들만 처벌해 줬으면 하는데……. 방법이 없을까요? 방송국에다가 그 녀석들에 대한 징계만 요구한다든가……."

"글쎄요."

방송국은 워낙 절대적인 위력을 자랑하는 곳이라 노형진으로서도 방법이 없다.

"징계를 요구한다고 해서 그쪽이 징계해 줄 것 같지는 않고……."

"그런가요?"

"네. 그걸 아니까 가해자들이 무서운 게 없지요. 아는 겁니다. 그러니까 그렇게 막나가는 거지요."

"어쩐지……."

아무리 방송국 사람이라고 해도 강간이라는 위험한 게임을 하지는 않는다. 사실 성 접대를 하는 사람들만으로도 충분히 자신의 성욕을 채울 수 있기 때문이다.

그런데도 불구하고 강간을 했다는 건 그걸 무마할 자신이 있다는 소리이기도 하다.

'완전 골 때리네.'

이건 여자에게 무시당해서 저지르는 것이나 성적으로 굶주려서 하는 것이 아닌 권력에 관련된 범죄다.

똑같은 강간일지라도 그 성향은 다 다르다. 여자에게 무시당했다고 하는 건 정신병적 성향이고, 성적으로 굶주려서 하는 건 사회성 부족이다.

그에 반해서 이런 권력형 범죄는 자신이 있어서 저지르는, 일종의 사회와 주변에 대한 도발이다.

'그리고 이런 건 안 멈추는데.'

미친놈은 처벌받으니까 멈추게 된다. 반사회성을 가지고 있는 녀석도 처벌을 받는다.

하지만 이런 권력형은 처벌이 잘 안 되기 때문에 자신감을 가지고 계속 저지르게 된다.

'자매를 양쪽 다 건드린 걸 봐서는 처음도 아닌 것 같고.'

사람이라면 최소한의 기준이 있다. 당연히 자매를 동시에 강간하는 것 같은 짓은 똑같은 범인이라도 꺼리게 된다.

그런데 그들이 거리낌도 없이 했다는 건, 전에도 비슷한 짓을 했으며 고소당하지 않을 자신이 있다는 뜻이다.

"아무래도 내가 나서야겠어."

"응? 네가?"

"그래."

"왜? 방법이 없다면서?"

"그렇기는 한데, 저런 녀석이 그냥 순순히 물러갈 놈은 아닌 것 같거든. 엔터테인먼트조합 쪽이라고 손대지 않을 것 같지는 않단 말이지."

"아!"

실제로도 손대려고 했던 시도가 있었다. 그때도 노형진이 막아 냈다. 그런데 똑같은 짓을 하는 놈이 있다면 그놈이 그냥 물러날 것 같지는 않았다.

"사전에 막기 위해서라도 내가 움직여야겠어."

노형진은 마음을 독하게 먹었다.

⚖

컴컴한 밤.

노형진은 사무실에서 방법을 찾기 위해서 법전을 이리저리 뒤지고 있었다.

모든 직원들이 퇴근한 사무실에서 등 하나에 의지해서 판례와 법전을 뒤지고 있는 상황.

딸깍.

그때 문이 열리면서 누군가 들어오는 게 보였다.

안으로 들어온 사람은 노형진을 보면서 어이가 없다는 듯 물었다.

"이 시간까지 안 가고 뭐 하냐?"

"응?"

노형진이 고개를 들어 보니 손채림이 손에 검은 봉지를 들고 있었다.

"넌 이 시간에 어쩐 일이야?"

"그냥 이 근처에서 친구들이랑 약속이 있어서 왔다가 보니까 네 사무실에 불이 켜져 있어서."

"그래?"

하긴, 이 주변에서 조금만 더 올라가면 번화가다. 그러니 약속이 있을 수도 있다.

"그냥 이번 사건을 해결할 방법을 좀 찾아보고 있어."

"찾았어?"

노형진은 고개를 흔들었다.

어떤 판례도 그런 건 없었던 것이다.

"애석하게도 없어. 상대방은 다름 아닌 방송국이야. 우리가 섣불리 나서게 되면 우리를 순식간에 사회적으로 매장시킬 수 있는 조직이지."

만일 그들이 작심하고 자기네 뉴스를 통해서 새론을 물어뜯으면 새론이 아무리 좋은 이미지를 만들어 뒀다고 해도 썩어 빠진 법무 법인으로밖에 안 보인다. 그리고 그걸 바꾸기 위해서는 최소한 5년 이상은 걸릴 것이다.

물론 그건 어디까지나 새론이 버텼을 때의 이야기다.

"그냥 민사 하면 어때?"

"이리저리해도 3천 이상은 무리야."

"그래?"

"그래."

이것이 법이다

그것도 어디까지나 두 자매의 자살이 방송국 책임이라는 것을 증명하는 데 성공할 수 있을 때였다.

"그러면 어떻게 해?"

"그러게 말이다. 형법적으로는 방법이 없어."

노형진은 당혹스러웠다.

법적으로 완벽하게 빠져나간 사건은 처음이기 때문이다.

"너무하다, 진짜."

"어쩔 수 없어. 법을 만드는 사람은 완벽하지 않아. 당연히 법도 완벽하지 않지."

그렇기 때문에 법은 매년 바뀌고 발전한다.

문제는 그걸 바꾸기 위해서는 정치인들, 특히 입법기관인 국회가 제대로 일을 해야 하는데 그들은 서로 싸우느라고 제대로 일을 하지 않는다.

심지어 헌법재판소에서 위헌판결이 난 법의 경우 대체할 다른 법을 만들어야 하는데 국회가 안 만들어서 해당 범죄 사항이 붕 떠 버리는 괴상한 일이 벌어지는 경우까지 있었다.

"솔직히 말해서 이 사건은 우리가 어쩔 수가 없는 게 현실이다. 상대방이 너무 안 좋아. 소송을 한다고 해도 이길 수 있을 것 같지 않고."

노형진은 안타깝다는 듯 보고 있던 판례집을 덮었다.

"방송국에는 기껏해야 관리 책임이나 물을 수 있을까? 민사로 최대한 하는 수밖에 없는데……"

"돈이 위안이 되지는 않아."

손채림은 안타깝다는 듯 쓴웃음을 지었다.

그녀는 있는 집에서 살았고 지금이라도 돌아갈 수 있다. 하지만 그곳에 있을 때 돈이 망가져 가는 자신에게 위안이 되지는 않았다.

물론 돈이 삶의 필수 요소이기는 하지만 그게 행복의 절대 요소는 아니었던 것이다.

"하아!"

노형진은 지친 듯이 길게 누웠다. 그리고 입맛을 다셨다.

"다른 거 없어?"

"다른 거?"

"그래."

"마피아 대부 체포할 때도 다른 걸로 체포했잖아."

"그거야 그렇지. 나도 그 부분은 생각해 봤는데, 타격을 입힐 만큼 큰 건 없어. 방송국이 끼었는데 그게 되겠어?"

이런 녀석이 다른 범죄를 저지르지 않았을 리 없다. 그래서 고문학을 통해서 그의 범죄 내역을 확인해 봤다.

그러나 대부분은 벌금 정도나 집행유예로 끝날 만한 사건들이었다.

"이런 건 고발해도 결국은 흐지부지되겠지."

100% 집유로 나올 것이다.

"결국은 방송국에서도 그에게 실드를 치지 못할 강력한 범죄여야 한다는 거야?"

"그렇지."

노형진은 머리를 벅벅 긁었다.

며칠째 이 사건에 매달려서 조사하고 공부하느라고 제대로 씻지 못했더니 근지러웠던 것이다.

"으, 디러."

"어쩔 수 없잖아. 바쁜데."

"좀 씻어라."

"그런 소리 하지 말고 가세요. 놀러 나왔다며?"

"씻고 와야 이걸 먹지."

손채림은 손에 들린 검은 봉지를 노형진의 책상 앞으로 건넸다.

그걸 열어 본 노형진은 피식 웃었다.

"웬 샌드위치? 만들어 온 거냐?"

"웃기네. 이 앞 편의점에서 사 왔다."

노형진은 빙긋 웃으며 샌드위치를 꺼내서 봉투를 뜯었다.

"응?"

그런데 봉투에 붙어 있는 한 장의 딱지.

"이건 뭐야?"

"아, 그거 상품 걸린 거지."

"상품?"

"그래. 요즘 그런 거 많이 하잖아."

그걸 받아서 확인하는 손채림.

하지만 잠시 후 아쉬운 듯 쓰레기통으로 던져 넣었다.

"꽝이네. 하긴, 그렇지, 뭐."

그걸 보던 노형진에게 좋은 생각이 떠올랐다.

"어쩌면…… 방법이 생길지 모르겠는걸."

"방법이 있다고?"

"그래."

노형진의 머릿속으로 수많은 계획들이 스치고 지나가기 시작했다.

⚖️

"뭐라고?"

유민택은 노형진의 부탁에 어이가 없어서 말이 안 나왔다.

그럴 수밖에 없는 게 지금까지는 들어 본 적도 없는, 아니 생각해 본 적도 없는 계획이었기 때문이다.

"평등재단을 통해서 신고 공모전을 하는 겁니다."

"그게 지금 말이 된다고 생각하나?"

"안 될 건 없죠."

"그거야……."

생각해 보면 안 될 건 없다.

나쁜 목적이 있는 것도 아니고, 도리어 좋은 목적으로 하는 거니까.

"강간에 대해서 여자들이 왜 신고를 안 할까요?"

"글쎄……."

유민택 회장은 그것에 대해서는 잘 몰랐다.

노형진은 그런 유민택 회장을 위해서 간략하게 이유를 설명해 줬다.

"가장 큰 이유는, 고소해 봐야 좋은 꼴을 못 보거든요."

"그런가?"

"네. 이게 참 이율배반적인 상황인데요."

여자가 강간으로 고소하면 그녀가 겪는 일은 둘 중 하나다.

첫 번째는 적극적으로 그녀를 옹호해 주면서 그 사건을 해결하려는 것. 둘째는 별거 아니라고 하면서 이거 고소해 봐야 벌금밖에 안 나온다고 하는 것.

"전자는 보통 여자의 편을 많이 들어 주죠. 문제는 그런 걸 이용하는 꽃뱀이 있다는 거죠."

"흠……."

"그런데 후자도 적지 않습니다. 사건이 별거 아니라는 식으로 축소하면서 접수 안 받으려고 하는 거죠."

"도대체 왜?"

이해가 안 된다. 중간도 아니고, 도와주든가 귀찮아하든가.

"전자의 경우 진짜 불쌍하게 여기기보다는 그냥 실적이 탐나는 거고 후자의 경우는 좀 귀찮은 거죠."

"그런 게 경찰이라고? 이해가 안 되는군. 실적이면 실적, 귀찮음이면 귀찮음 둘 중 하나지. 왜 누구는 실적이고 누구는 귀찮은 건가?"

"그 실적이냐 귀찮음이냐의 문제는 피해자가 아니라 가해자의 문제입니다."

"가해자?"

"네, 가해자가 공권력에 저항하기 힘든 일반인이라면 실적의 대상이 되지요. 하지만 가해자가 싸우기 버겁거나 좀 힘이 있어서 압력을 가해 자신에게 불이익을 줄 수 있는 사람이라면 귀찮음의 대상이 되지요."

"그러니까 힘이 있는 사람하고는 싸우기 싫다 이거군."

"애석하게도요."

"흠……."

"인간의 상황은 이율배반적인 경우가 많습니다. 저마다 추구하는 이권이 다르니까요."

만일 진짜 억울한 여자라면 전자 타입의 경찰을 만나면 다행이다. 문제는 후자다.

반대로 남자의 입장에서 꽃뱀을 만났는데 경찰이 전자 타입이면 돌아 버릴 지경이다. 제대로 수사도 안 해 보고 '일단 네가 저지른 거니까 자백해.' 같은 식으로 나오기 때문이다.

"그것까지는 알겠네. 그런데 누굴 만날지 몰라서 고발을 못 한다는 건 구더기 무서워서 장 못 담근다는 소리와 똑같지 않은가?"

"제가 말씀드린 건 1차적 문제입니다. 2차적으로 다른 문제가 생기지요."

"2차적?"

"네. 바로 2차 피해죠."

2차 피해는 여러 가지 형태로 나타난다.

일단 강간한 놈이 사회적으로 힘을 가지고 있는 경우 사회적으로 영향을 받을 수밖에 없다.

이번 사건의 경우, 사실상 방송계 활동은 접는다고 생각해야 할 정도다.

"문제는 대부분의 강간은 주변 인물이 저지른다는 겁니다. 길을 가다가 아, 갑자기 강간하고 싶어진다.' 해서 하는 놈은 드물다는 거죠. 설사 아니라고 해도, 일단 수사를 시작하면 수시로 경찰이나 검찰 그리고 재판에 불려 다닙니다. 만일 사회생활을 하는 여성일 경우, 회사 내부에 무슨 소문이 돌지 다들 알죠?"

유민택은 그 부분에 대해서는 이해한다는 듯 고개를 끄덕거렸다. 그러한 경우가 없는 게 아닌 게 현실이니까.

더군다나 그렇게 되는 경우 내부에서 생기는 여론은 연민이나 배려가 아니라, 일종의 가십거리 취급부터 덜떨어진 인간의 경우 네가 꼬리친 거 아니냐는 식으로 취급하기까지 한다.

"2차 피해가 두렵겠군."

"네. 그리고 3차 피해가 있기도 합니다."

"3차 피해?"

"바로 강간범과 피해자 사이의 합의죠."

"아!"

이건 오래된 문제다. 그리고 심각한 문제다. 그럼에도 불구하고 해결이 안 되는 문제이기도 하다.

강간은 친고죄다. 그렇다 보니 고소가 되면 당연히 합의하려고 시도를 하는데, 그 과정에서 경찰은 가해자에게 방어권이라는 이유로 무차별적으로 연락처와 주소를 넘겨준다.

"이번 사건의 경우 살아생전에 그들이 무차별적으로 욕설을 하기도 했고 전화로 협박을 하기도 했습니다. 심지어 피해자 어머니는 가해자로부터 폭행당했다고 합니다."

"그런데?"

"무혐의로 풀려났죠."

"그게 가능해?"

"가능하죠. 상대방은 방송국입니다."

"음……."

만일 누군가 그들을 처벌하면 방송국은 그걸 조사한 경찰과 검찰의 뒤를 캐기 시작할 것이다. 그리고 '알 권리'라는 명목하에, 그들의 인생을 세상에 까발릴 것이다.

"하지만 깨끗한 사람이라면야……."

"깨끗요? 뭐, 그런 사람이 있는지도 의문이지만 설사 깨끗한 사람이라고 할지라도 방법은 없을걸요. 만두 파동과 우지 파동 기억 안 나십니까?"

"그렇군……."

"그들의 절대적인 힘을 보여 준 사건이었지요."

만두 파동은 뇌물을 주지 않는다는 이유로 경찰이 기자를 데려와서 터트린 사건이다.

당연히 없는 일을 날조했던 것으로, 그로 인해서 대한민국 만두 시장은 박살이 났고 매년 적지 않은 수익이 나던 수출도 완벽하게 차단되었다.

그 전에는 중소 규모의 기업들이 많던 만두 시장이 그로 인해서 대기업 체제로 바뀌었다.

"우지 파동이라……."

하지만 유민택에게 더 극적으로 다가오는 것은 우지 파동이다. 언론에서 산업용 우지로 튀긴다고 거짓말해서 한 기업이 망하기 직전까지 갔던 것이다.

물론 산업용이기는 했다.

그런데 그건 어디까지나 세금 부여에 관한 부분이었지, 그 우지의 질에 관한 부분이 아니었다. 식품을 조리하는 데 들여오는 기름을 산업에 쓰이는 산업용이다. 완전히 식품으로 들여올 수도 있지만, 그러면 세금이 어마어마해진다. 당연히 기업에서는 산업용으로 신고해서 들여온 것뿐이지 진짜로 공장에서 쓰는 우지가 아니었다.

하지만 라이벌 회사에게서 뇌물을 받은 언론은 그게 산업용이라면서 언론 플레이를 했고, 그 덕분에 그 기업은 파산 직전까지 몰렸었다.

나중에 해당 우지는 식품용이 맞다는 판결이 나왔지만 그 판결에 대해서 언론은 입을 싹 다물어 버렸다.

"언론은 잘 알아야 합니다. 그래야 제대로 말하지요."

하지만 한국은 그렇지 않다. 그냥 자극적인 거 적당히 짜깁기해서 이야기한다. 심지어 자기 욕심을 위해서 기사를 쓰기도 한다.

모 연예인이 화장품 회사를 만들었는데 연예부 기자가 성접대를 요구했다가 거절당하자 그 화장품을 쓰면 피부가 썩는다는 식으로 이야기해서 망한 적도 있었다.

"그래서 제가 대안 언론을 만든 거고요."

"알고 있네. 그렇지만 상대방은 방송국이야. 자네가 만든 대안 언론으로는 턱도 없네."

대안 언론으로 싸울 수 있는 건 신문사 정도다.

방송국은 그 파급력이 넘사벽이다. 만일 신문사의 위력이 20이라면 방송국은 100 이상이다. 대안 언론은 잘해 봐야 15 정도.

"그러니까 이번에는 다른 걸 노리는 척하면서 방송국을 노려야 합니다. 그러기 위해서는 평등재단의 도움이 필요하고요."

"흠……."

유민택은 곤란한 얼굴이 되었다. 그럴 수밖에 없는 것이, 방송국이라는 존재는 대룡 입장에서도 곤란한 존재이기 때문이다.

성화와의 싸움에서 가까스로 승기를 잡았는데 여기에 방송국이 끼어서 대룡에 안 좋은 소리를 하면 상황이 역전될 수도 있을 만큼 방송국이라는 존재는 부담스러웠다.

"과연 방송국이 속을까?"

"속을 겁니다. 사실 방송국보다 막나가는 존재가 우리 뒤에서 지켜 주게 될 테니까요. 거기에다 우리가 방송국을 직접적으로 노리는 것도 아니고 말이죠."

"방송국보다 막나가는 존재?"

노형진은 계획을 설명했다. 그러자 유민택은 노형진의 작전이 타당하다고 생각했다.

"다만 중요한 건 자연스러운 이유를 붙이는 것이지요."

"자연스러운 이유라……."

유민택은 좋은 생각이 났는지 자신이 나서겠다고 했다.

"때마침 적당한 일이 있네. 그러니까 그 부분은 나한테 맡기게."

"나서시는 겁니까?"

"여자들에게 우리 기업의 브랜드를 좋게 말해서 나쁠 건 없네."

아무래도 세력이 밀리는 전자 쪽을 키우기 위해서는 실제

구매력이 있는 여자들에게 어필하는 게 좋다. 그런 상황에서 노형진의 계획은 그 부분에 딱 맞아떨어진다.

그리고 설마 방송국도 그게 자신을 노린다고 생각하지는 못할 것이다.

방송국이라는 상대는 무서운 권력이다.

사람들은 그들이 권력가라고 생각하지 않지만 어떻게 보면 어쭙잖은 국회의원이나 정치인보다 훨씬 힘을 가진 것이 그들이다. 국민들은 그들이 말하는 대로 믿게 되기 때문이다.

"하지만 조심해야 합니다. 아시다시피 이번 일이 방송국에 걸려서 서로에게 좋을 게 없으니까요."

"알겠네. 자네 말대로 하지."

유민택은 진지한 얼굴로 고개를 끄덕거렸다.

이것이 법이다

적은 내부에 있지롱

　노형진은 대룡평등재단와 함께 새로운 작전을 시작했다.

　"강간 피해자 지원을 위한 피해자 정책이라……."

　이번에 해당 일을 맡게 된 조병규 팀장은 참 기가 막히다
는 얼굴이 되었다.

　"어떤가요?"

　"대단하다고 해야 하나요? 벌써 여성계에서는 우리 대룡
을 극찬하는 중입니다. 순식간에 우리 대룡 이름이 대한민국
여성계에 좌악 퍼졌습니다."

　"하하하."

　노형진은 피해자들이 이런저런 이유로 치료도 받지 못하
고 그저 버려지는 것을 안타까워하는 것처럼 사건을 꾸몄다.

물론 대부분의 강간 피해자들이 제대로 된 보살핌이나 정신적 상담을 받지 못하는 건 사실이다.

"인건비도 얼마 안 들고, 홍보 효과는 대단하네요. 보통 이런 홍보 효과를 내려면 수십억은 필요한데요."

물론 피해자들을 모조리 현금으로 지원하려고 한다면 적지 않은 돈이 필요할 것이다.

대룡은 그 대신에 전문 상담사를 고용하는 방향으로 나가기로 했다. 전문 상담사들이 월급을 대룡에서 받는 대신에 무상으로 상담해 주기로 한 것이다.

장소는 서울과 부산 두 곳.

"하하하."

노형진은 그저 웃고 말았다. 조병규는 진짜 목적은 모르기 때문이다.

"이번 프로젝트 홍보는 어떻게 되어 가고 있어요?"

"처음에는 홍보할 필요가 있기는 했는데 솔직히 지금은 홍보할 이유가 없더군요. 그래서 홍보비도 거의 안 들어갑니다."

"그래요?"

"네. 여자들의 인터넷상의 공유력은 상상 이상으로 빠르더군요."

"아무래도 젊은 여자일수록 인터넷에서 활동을 많이 하는 경향이 있지요."

남자들은 인터넷에서 활동할 때 어떠한 목적으로 움직이

는 경우가 많은 반면 여자들은 친목을 목적으로 활동하는 사람들이 많다.

그리고 여성들은 이러한 좋은 정보나 공유할 사항이 있으면 퍼 나르기를 많이 하는 편이다.

"노 변호사님 말씀대로 처음에 대형 커뮤니티 몇 군데에 부탁해서 공지를 올렸더니 무서울 정도로 빠르게 퍼지더군요."

"다행입니다."

"그냥 광고 쪽으로 오지 그러세요?"

"그러기에는 이쪽 일이 너무 많아서요."

"도대체 노 변호사님이 못하는 일이 뭔가 싶네요."

"저도 운동 쪽은 젬병이라서요. 재능이 문과 쪽인가 봅니다, 하하하."

실제로 노형진은 운동은 완전히 꽝인지라 도무지 발전이 없었다.

"특히 언론에서 좋아하더군요. 아무래도 한국에 이런 지원은 없었으니까요."

"그러지요."

노형진은 그렇게 말하면서도 한편으로는 약간 어이가 없었다. 그럴 수밖에 없는 게, 이 일의 표적은 방송국이다. 그런데 방송국이 적극적으로 홍보해 주고 있었기 때문이다.

자기 무덤을 파는 것도 모르고 말이다.

"그런데 왜 지원금을 건 겁니까? 솔직히 이유를 모르겠는데요."

공짜로 상담해 준다고 하면 올 사람은 많았다. 그런데 거기에다가 총상금 3억이라는 엄청난 지원금을 걸었다.

"피해자들은 상처를 억누르는 경향이 있거든요."

"그래요?"

"네. 아예 그 문제에 대해서 생각하지 않으려고 합니다. 그래서 내부에서 곪아 가는 거죠. 스스로는 아무렇지 않다고 생각할지 모르지만 그렇지 않습니다. 문제는 스스로 멀쩡하다고 생각하는 거죠. 우리가 공짜로 상담해 준다고 하지만 그건 어디까지나 스스로 찾아오는 사람에 한해서입니다. 만일 그렇지 않고 난 멀쩡하니까 안 가도 된다고 생각하는 사람이 있다면 그들이 오게 할 다른 방법이 필요하죠."

"그게 지원금이군요."

"네."

사람들 중에서 최종적으로 서른 명을 뽑아서 그들에게 1천만 원씩 지원금을 준다는 계획. 물론 그걸 노리고 오는 가짜도 있을 수도 있다. 하지만 상대방은 심리 전문가. 그들이 거짓말하는 것을 모를 정도로 무능하다면 고용되지도 않았을 것이다.

그 말을 들은 조병규는 납득한다는 얼굴이 되었다.

그도 이번 프로젝트를 담당하게 되면서 관련 공부를 해서 실제로 그런 사람들이 적지 않다는 사실도 알기 때문이다.

'물론 함정이지만.'

사실 3억이나 되는 지원금을 내건 것은 단순히 그런 사람들을 불러오기 위한 게 아니었다.

방송국에 그렇게 꽉 잡혀서 성폭행에 대한 고소도 제대로 못 하는 사람들이 재정적으로 풍족하다고 볼 수는 없다. 그렇다면 그들을 유인하기 위한 뭔가가 필요하다. 그것이 바로 지원금이다.

물론 그들에게 100% 간다고 할 수는 없지만, 최소한 그걸 노리고 올 사람이 적지 않을 것이다.

'그리고 그런 사람들이 많다면……'

아무리 방송국이라고 해도 어쩔 수 없을 것이다.

"잘되면 좋겠네요."

노형진은 본심을 숨긴 채로 미소를 지을 뿐이었다.

⚖️

"줄을 서세요."

같은 시각 손채림은 상황 확인을 위해서 서울 외곽에 있는 허름한 빌딩에 가 있었다.

상권이 죽으면서 지난 몇 년간 비어 있던 곳이었다.

그런 곳을 노형진이 사고 대룡이 빌려서 쓰는 형식으로 해서 상담 사무실을 연 것이다.

"대기자들이 너무 많은데요?"

여직원 한 명이 안타깝다는 듯 그들을 바라보았다.

그럴 수밖에 없는 게, 건물이라고 해 봐야 5층 정도의 낮은 건물이다. 그런데 줄이 길게 바깥까지 이어져 있었다.

"우우우……."

이곳을 담당한 사람은 그저 허둥거리기만 하는 것이, 어쩔 줄 모르는 듯했다. 그녀도 여자라고 오기는 했지만 이런 사건에 대해서 잘 아는 것은 아니었기 때문이다.

"일단 접수를 중단하고 접수대를 5층으로 올려요."

"네? 하지만 그러면 방해가 될 텐데요? 지금도 줄이 많아서 문제인데 옮기려면 못해도 두 시간은 걸릴 텐데요?"

손채림은 잠깐 고민하다가 뭔가 결심한 듯 바로 실천에 옮겼다.

독일에 갔다 와서 바뀐 것은 뭔가 해야 한다고 하면 그걸 하는 사람이 된 것이다. 현재에 안주하면 바뀌는 것은 없으니까.

"그래서 옮기라는 겁니다."

"네?"

"주변 시선 안 보이세요?"

"아……."

다른 사람들은 그냥 줄이 긴 것만 걱정하고 있었지만 손채림이 걱정하는 것은 줄이 아니었다.

"상처 받은 사람들이잖아요. 그런데 저런 시선은 아니죠."

이곳에 이런 사무실이 생긴다고 하자 나와 있는 사람들. 그리고 수많은 기자들.

그들은 마치 동물원 원숭이처럼 피해자들을 바라보고 있었다.

"이 날씨에 모자와 긴 옷에 마스크까지 쓴다는 건 이상한 거 아니에요?"

상담 신청을 하러 온 사람들의 숫자는 어마어마했다. 그런데 그들은 한결같이 선글라스에 모자에 마스크를 쓴 모습으로 나타났다.

"이들을 도와주려고 하는 거지, 구경거리로 만들려는 거 아니잖아요."

"무슨 뜻인지 알겠네요."

"일단 줄 선 사람들에게 번호표를 나눠 줘요."

"기계가 없는데요."

"손으로 써서 주면 되잖아요. 그 후에 사람들을 안으로 들여보내고 에어컨을 최대로 틀어 놔요. 날씨 더우니까. 접수실은 5층으로 옮기고요."

"네."

허둥거리는 대룡의 직원을 대신해서 일을 진행하는 사람들.

잠시 후 문이 활짝 열리면서 피해자들이 건물 안으로 들어가기 시작했고, 구경하러 나온 인간들은 뭔가 아쉬운 듯 혀를 차면서 집으로 돌아갔다.

'도대체가.'

손채림은 노형진이 말한, 여자들이 왜 고소하지 못하는지 두 눈으로 보고 나서야 문제의 심각성을 알았다.

상처받은 그들에게 퍼부어지는, 마치 동물원 짐승 구경하는 듯한 사람들의 시선이 사방에서 느껴지는데 누가 맘 편하게 고소하겠는가?

'그런데도 온다는 건……'

그럼에도 불구하고 얼굴을 꼭꼭 감춘 채로라도 온다는 것은 그만큼 마음고생이 심하다는 뜻이기도 했다.

손채림은 그런 그녀들을 보면서 왠지 마음이 찡했다.

자기 잘못도 아닌데 이렇게 고통 받는다니. 정작 그녀들에게 상처를 준 범인들은 뻔뻔하게 활개를 치고 다니는데 말이다.

"아!"

"왜요?"

손채림은 그렇게 사람들을 보다가 뭔가 깨달았다.

"왜요?"

"아니, 뭔가 필요해요."

"필요하다고?"

"네."

손채림의 말에 다들 고개를 갸웃할 수밖에 없었다.

"커피숍 같은 거?"

노형진은 손채림의 말에 어리둥절했다.

난데없이 건물 1층에 여자들이 좋아할 만한 뭔가를 만들어 두자는 것이다.

"아니, 왜?"

"그거야 들어오는 사람들이 부담스러우니까."

"부담스럽다고?"

"생각해 봐. 이 건물에 있는 거라고는 꼴랑 상담소 하난데, 그러면 안에 들어오는 목적이 너무 뻔하게 보이잖아."

"아."

손채림의 말은 그녀들이 시선에 부담을 느끼지 않도록 1층에 여자들이 들어가도 어색하지 않은 뭔가를 두자고 하는 것이다.

"그래도 아는 사람은 다 알 텐데?"

"그렇겠지. 하지만 대놓고 그러는 것과 가능성이 높은 건 전혀 다른 일이거든."

"흠……."

노형진은 고개를 끄덕거렸다. 손채림의 말이 맞기 때문이다.

"그거야 어렵지 않은데, 커피숍으로 되려나?"

"무리인가?"

"아무래도 그런 목적으로 만든 커피숍이면 일반 손님들이 안 올 텐데, 그러면 분명히 '손님=피해자'가 될걸."

"아…….'"

"일단 다른 걸 생각해 봐야겠어. 여자들이 마음 놓고 들어올 수 있게……."

노형진이 그렇게 대화하고 있을 때였다. 약간 당혹스러운 얼굴로 무태식이 문을 빼꼼 열었다.

"노 변호사님."

"왜 그러십니까?"

"건물 앞에 문제가 생겼습니다."

"문제?"

노형진은 고개를 갸웃했다.

날씨가 더운 관계로 문을 다 닫고 있어서 어떤 소리도 못들었던 것이다. 더군다나 상담용이다 보니 방음도 잘해 놓은 상황.

손채림이 창가로 가서 살짝 창문을 열었다. 그러자 그 너머에서 사람들의 아우성이 들려왔다.

"새론과 대룡은 배상하라! 배상하라!"

"대룡은 물러가라! 물러가라!"

"꺼져라!"

노형진은 자신의 귀를 의심했다.

상담소 앞에서 시위하는 인간들이 있었던 것이다.

"아니, 저 녀석들 뭡니까?"

"갑자기 와서 시위를 시작했습니다."

"왜요?"

"모르겠습니다. 하지만 말이 안 통하네요."

노형진은 얼굴을 살짝 찡그렸다.

그가 노리는 것이 방송국이기는 하지만 그걸 아는 이는 아주 극소수다. 설사 방송국이 안다고 하더라도 방송국의 대응 방식은 자신들을 천하의 개놈으로 만들어서 사회적으로 매장시키는 것이지. 저렇게 시위를 하지는 않는다.

"일단 나가 보죠."

노형진은 회의를 멈추고 사람들과 함께 바깥으로 나갔다.

수십 명의 사람들이 머리에 결사반대나 투쟁 따위의 두건을 두르고 서서 시위하고 있었다.

"이번 상담소 개설 건을 담당하고 있는 노형진 변호사라고 합니다. 도대체 왜 이러시는 건지요?"

"몰라서 물어?"

"솔직히 말하면 모르겠습니다."

누군가에게 피해를 주는 것도 아니고 누군가가 고통 받는 것도 아니다.

그렇다고 일조권 침해 같은 게 있는 것도 아니다. 원래부터 있던 건물이니까.

"땅값이 떨어지잖아, 땅값이!"

"네?"

무슨 거창한 이유가 있을 거라 생각하던 노형진은 그들의 이유에 어이가 없어서 다시 물을 정도였다.

"지금 뭐라고 하셨습니까?"

"땅값 말이야, 땅값! 저런 더러운 년들이 다니는 곳이 이런 데 있으면 애들한테 좋겠느냐고! 당연히 안 좋지! 그러니까 땅값이 떨어지지!"

"무슨 말도 안 되는 소리예요! 이게 아이들 교육하고 무슨 관계가 있다고!"

선두에 서서 항의하는 아줌마를 보고 손채림은 기가 막혀서 앞으로 나섰다.

상식적으로 이런 시설이 생긴다고 해서 땅값이 떨어질 리 없다. 떨어지면 그게 이상한 거다.

"아, 진짜 아가씨, 애 안 낳아 봤지? 저런 더러운 년들이 지나다니면 우리 애들이 뭘 배우겠어?"

"더러운 년?"

노형진은 얼굴을 와락 찡그렸다.

"그래. 생각해 봐. 남자들한테 꼬리나 치고 다니는 년들이 여기 오면 무슨 일이 생기겠냐고! 여기서 2킬로미터밖에 안 떨어진 곳에 중고등학교 있는 거 몰라?"

"맞아! 그래서 지금 땅값이 떨어지고 있다고! 알아!"

언성을 높이는 주민들.

하지만 그들의 말은 도리어 노형진과 손채림 그리고 무태식을 분노하게 만들 뿐이었다.

"도대체 누가 꼬리를 쳤다는 겁니까!"

무태식은 그들에게 강하게 항의했다.

얼핏 산적처럼 생긴 무태식이기 때문에 노형진과 손채림을 대할 때와는 달리 움찔하는 주민들.

"그년들이 꼬리 친 거 아냐? 그렇잖아!"

"맞아. 안 그러면 강간이 왜 벌어져?"

'이건 말이 안 통하는 인간들이네.'

강간 사건에서 이러는 인간들이 있다.

강간이라는 것은 기본적으로 개인이 다른 개인을 성적으로 강제로 착취하는 것을 말한다. 일반적인 상식으로는 남자가 여자를 강간하는 것만 생각하지만, 엄밀하게 말하면 여자가 남자를 덮치는 것도 강간이고 남성이 남성을 덮치는 것도 강간이다.

그러니까 저런 식으로 여자가 먼저 꼬리 친다 하는 것은 말도 안 되는 소리다. 애초에 그건 강간이 아니라 꽃뱀들이나 하는 짓이다.

"상식적으로 생각을 하세요. 여기는 강간당한 피해자들이 오는 곳입니다. 꽃뱀들이 여기에 상담하러 올 이유가 없잖아요?"

무슨 돈을 주는 것도 아니다. 물론 약간의 보상금이 걸려 있기는 하지만 그건 여러 번의 심층 면접을 거쳐야 하기 때문에 꽃뱀이 끼어들 수가 없다.

"아, 몰라! 우리는 모르니까 꺼지든가, 아니면 배상금을 내놓든가!"

"배상금?"

"그래! 너희들 때문에 땅값이 떨어졌잖아. 그러니까 당연히 배상해야지. 안 그래?"

그들의 말에 노형진은 얼굴을 와락 찡그렸다.

⚖

"협잡꾼요?"

"그게 뭔데?"

무태식도 꾼이라는 걸 잘 모르는 데다가 손채림도 그에 대해서는 잘 몰라서 노형진에게 물어볼 수밖에 없었다.

"쉽게 말해서 트집을 잡아서 돈을 뜯어내는 놈들입니다."

"블랙 컨슈머들 같은 건가요?"

블랙 컨슈머들은 기업에 꼬투리를 잡아서 돈을 뜯어내는 녀석들이다.

"비슷하기는 하지만 좀 다릅니다. 뭐, 개념만 보면 가장 비슷하기는 하지요."

"그래요?"

"네."

저들은 어떤 지역에 뭐가 생긴다고 하면 주변 사람들을 선동하기 시작한다.

뭐가 생기든 그 지역에 영향을 안 줄 수는 없다. 보통은 그저 그러려니 하고 넘어가지만 가끔은 혐오 시설이나 아주 큰 영향을 줄 수 있는 게 들어오곤 한다.

"그리고 저들은 이 상담소가 혐오 시설이라고 주장하는 겁니다."

"뭐라고요?"

"아니, 왜요?"

보통 혐오 시설이라고 하면 발전소나 정신병원 같은 곳이지 이런 상담소는 혐오 시설이 아니다.

"핑계죠."

"핑계?"

"장애인 시설도 혐오 시설로 분류하는데요, 뭐."

"그러니까 왜요?"

"돈 때문에 그러는 겁니다. 돈을 뜯어내기 위해서요."

저들의 목적은 간단하다.

이곳이 혐오 시설이고 그로 인해서 이쪽에 영향을 주니까, 그걸 돈으로 배상하라는 것이다.

"그게 말이 됩니까?"

"됩니다. 그런 게 한두 번도 아니고요."

"정부에서 놔둬?"

"이건 민간의 영역이야. 정부에서 뭐라고 할 수는 없지."

"그럼 민사라도 걸든가."

"그러면 지니까."

법원에서는 건강에 영향을 줄 수 있는 공장이나 발전소는 혐오 시설로 인정하지만 이런 상담소 같은 걸 혐오 시설로 인정할 리 없다.

"그러니까 그들은 절대 법적인 과정까지는 가지 않아. 그냥 땡깡만 부릴 뿐이지."

"헐."

"그게 그들과 진짜 피해자들을 구분하는 방법이야."

진짜 피해자들은 소송을 통해서라도 그걸 막든가 배상을 받으려고 한다.

하지만 협잡꾼들은 소송은 안 한다. 질 게 뻔하니까.

"그들이 주민들을 선동하고 일부 생각이 없는 주민들은 거기에 휩쓸리죠. 그때부터는 남의 말은 안 들려요. 그냥 돈 뜯어내는 게 중요하지."

"애들 교육? 지랄한다. 그런 생각을 가진 놈들 아래서 참 애가 잘 자라겠다."

손채림은 짜증스럽게 팔짱을 끼면서 중얼거렸다.

"틀린 말은 아니지."

저들은 아이들 교육을 주장하지만, 그들이 생각하는 교육은 국영수만 잘하고 남을 밟으면서 올라가는 것일 뿐이다.

"그런 녀석들이 끼어든 건 완전 예상 밖의 문제인데요?"

무태식은 곤혹스러운 얼굴이 되었다.

"경찰에 신고 못 해?"

"일단 저들은 합법적으로 집회 신고를 내고 하는 거니까 아마 효과가 없을걸."

"소송은?"

"애초에 그걸 지킬 녀석들이 아니지. 그리고 이런 집단은 특정이 애매해. 아까 말하면서 그 녀석들 이름 같은 거 들은 거 있어?"

"아……."

"시위에 들어가면 자기 신분 같은 걸 철저하게 감춰. 어떻게 소송해서 금지시킨다고 해도, 다른 사람을 대표로 해서 다른 단체를 만들어 버리면 기존에 있던 판결은 아무런 효과도 없지."

"특정이 문제구나."

"그래."

저들은 시위하면서도 자신들을 주민 또는 피해자라고 이야기할 뿐, 이름이나 자신들을 특정할 만한 정보를 주지 않았다.

"그리고 소송을 건다고 해도 최대한 질질 끌 거야."

"그러면 여기 운영에 큰 문제가 생기겠군요."

"그렇지요."

어찌 되었건 여기에 오는 사람들은 심적인 상처를 치유하러 오는 이들이다. 그런데 그 앞에서 저렇게 무섭게 시위하고 있으면 과연 누가 오려고 하겠는가?

"나쁜 놈들."

손채림은 이를 박박 갈았다.

설마 좋은 일을 하는데도 이렇게 방해하는 놈이 있을 거라고는 생각도 못 했던 것이다.

"이거…… 산 넘어 산이군요."

방송국에 일격을 먹이기 위해서 시작한 싸움인데 그 전에 생각지도 못한 중간 보스를 격파하게 생겼다.

"그럼 어떻게 하지? 놔둬?"

노형진은 피식 웃었다.

"그럴 리가 있나."

"응?"

"걱정하지 마. 이런 건 문제 축에도 안 끼니까."

"문제 축에도 안 낀다고?"

"그래."

노형진은 씩 웃으면서 말했다.

회귀 전에도 이런 일은 흔하게 벌어지는 것이었고 그걸 해결하는 건 그다지 어려운 일이 아니었다.

"그러니까 이 부분은 나한테 맡기고 있어, 후후후."

"땅값이 떨어지기는, 개뿔."

노형진은 다음 날부터 주변의 땅 시세에 대해서 알아보기 시작했다.

아니나 다를까, 땅값이 떨어지기는커녕 주변에 빈방이 사라졌다. 좀 더 편하게 상담 치료를 받기 원하는 사람들이 이사를 오려고 했기 때문이다.

"이걸 들이밀면 안 하려나?"

"저들한테는 진짜 땅값이 문제가 아니라니까."

저들이 요구하는 건 단 하나, 바로 핑계 김에 돈을 뜯어내는 것.

"그러니까 우리가 들이미는 증거는 아무런 의미가 없어. 그쪽은 우리가 뭐라고 하든 눈과 귀를 막고 있을 테니까."

"별 인간이 다 있네."

"세상에는 올바르게 열심히 일해서 돈 벌려고 하는 사람도 많지만 반대로 그들을 뜯어먹으려고 하는 인간도 있지. 그리고 그런 녀석들이 돈을 더 많이 버는 게 우리나라의 모순이고."

"모순이라……."

"너 이런 말 알아?"

"무슨 말?"

"불법은 부지런하다."

"응?"

손채림은 고개를 갸웃했다. 그런 소리는 처음 들어 봤기 때문이다.

노형진은 그런 손채림에게 설명해 주기 시작했다.

"아이러니하게도 말이야, 우리나라는 노력하는 사람일수록 더 성공하기 힘든 구조야. 아래에서 열심히 일해 봐야 그수익은 위에서 가지고 가지. 그런데 불법이라는 것은 기본적으로 거기서 벗어나거든. 웃기게도 불법은 자기가 일하면 일한 만큼 가지고 가는 구조야. 하이 리스크 하이 리턴의 전형적인 모습이지. 그렇다 보니 불법을 저지르는 인간들은 결사적으로 덤벼. 그에 반해서 사회의 규칙에 익숙한 사람들은 그러지 않아. 해 봐야 좋은 일이 없으니까. 그러면 누가 이기겠어?"

"아……."

한쪽은 결사적으로 덤비는데 한쪽은 뭉기적거린다면 그싸움의 승패는 이미 결정된 셈이다.

물론 피해자 측이 법의 보호를 요청할 수도 있다.

하지만 손채림도 알다시피 우리나라에서는 보호를 요청해도 법이 보호해 주지 않는다.

우리나라의 법은 보호를 목적으로 위한 게 아니라 처벌을위한 법인지라 법적인 보호의 위력이 절대적으로 약하기 때문이다.

이것이 법이다

"결과적으로 언제나 승리하는 건 악이지. 정의가 승리한다는 것은 소설에나 나오는 이야기이고."

"쩝."

손채림은 안타까운 듯 입맛을 다셨다.

"어쩔 수 없어. 정의라는 게 법을 기준으로 싸운다면, 법을 안 지키면서 싸우는 인간들이 유리할 수밖에 없지."

지난번도 그렇고 이번도 그렇고, 현재로써는 불법을 저지르는 녀석들이 더욱 유리한 상황.

"그러면 저 녀석들은 어떻게 할 거야? 방법이 있다면서?"

"이런 일을 전문적으로 하는 곳이 있지."

노형진은 차를 세우고는 바깥으로 나와 고개를 들어서 높은 건물을 바라보았다.

그리고 빙긋 미소를 지었다.

⚖

"그러니까 뒷조사를 해 달라고요?"

"네."

노형진의 앞에 있는 사람은 기가 막히다는 얼굴이 되었다.

"제가 불가능한 요구를 한 건가요?"

"그럴 리가요. 하지만……."

갑자기 찾아와서는 뒷조사를 해 달라고 한다.

물론 어려운 일은 아니다. 아니, 오히려 흔하게 있는 일이다. 흥신소의 목적이 뭔가? 바로 그러한 뒷조사다.

그런데 그 대상이 이상했다.

"시위하는 사람들의 뒷조사라……. 그걸 왜 합니까?"

"이유를 물어볼 필요가 있나요? 이 정도 건수는 별로 없을 거라고 생각하는데요?"

"음……."

지금 그 협잡꾼들의 말에 눈이 뒤집혀서 움직이는 사람들에 대한 뒷조사.

그건 어렵지 않다.

"조사 내용은 뭡니까?"

"아무거나 상관없습니다. 약점이 될 만한 거라면요."

"……?"

노형진의 말에 흥신소 사장은 살짝 얼굴을 찡그렸다. 이런 의뢰는 처음이었기 때문이다.

"거절하실 거면 다른 곳으로 가고요."

"흠…… 시간을 좀 주십시오. 아 의뢰를 받아들이는 데에 대한 결정이 아니라, 그 사람들을 조사할 시간을 달라는 겁니다."

보통 이런 사건은 대부분 개인 대 개인으로 하지, 이렇게 단체로 하는 경우는 없다.

그런데 이번은 단체로 맡긴 상황.

어차피 불법적인 일이고 큰돈이 들어오는 일이기 때문에 거절할 이유 따위는 없었다. 그들이 어떻게 되든 자신과 아무런 관련이 없기 때문이다.

"그렇게 하지요."

노형진은 순순히 고개를 끄덕거렸다.

"흥신소?"

일을 맡기고 난 후 손채림은 노형진에게 대답을 요구하는 시선을 보냈다. 그럴 수밖에 없는 게, 협상을 한 것도 아니고 뒷조사를 맡기다니.

"왜, 이상해?"

"솔직히 그렇잖아."

"그렇지? 후후후."

"이상한 거 알면서 왜 맡긴 거야?"

"당연하지. 저 녀석들 생각은 뻔하거든."

"뻔하다고?"

"그래. 저런 헛소리하면서 돈 내놓으라고 하는 놈들이 어떤 놈일 것 같아?"

극도로 이기적인, 그리고 자신만 아는 녀석들일 것이다.

그러니 뒷조사를 해서 털기 시작하면 정보가 나올 것이다.

"그래서 그걸로 협박하겠다는 거야?"

"그럴 리가 있나."

노형진은 씩 웃었다.

"협박은 엄연한 불법이라고, 불법. 기다려 봐. 재미있는 광경을 보게 테니까."

노형진은 말을 하지 않고 그냥 기다리라고 할 뿐이었다.

⚖️

"협상을 하지요."

그렇게 흥신소에 일을 맡기고 난 후 노형진은 또 갑자기 심경의 변화를 일으킨 것인지 그들에게 협상을 하자고 나섰다.

손채림도 무태식도, 노형진이 하자고 해서 하기는 하지만 전혀 감을 잡지 못한 채로 그저 끌려갈 뿐이었다.

"반갑습니다."

노형진은 협상 테이블에 앉아 있는 사람을 바라보면서 웃었다.

"나는 여기 대책협의회의 한세빈이라고 해요. 우리 땅값, 어떻게 할 겁니까?"

눈을 치켜뜨고 바라보는 50대 여자.

노형진은 그녀를 보면서 피식 웃었다.

'이 여자다 이거지.'

조사한 바에 따르면 그녀는 이곳에서 공식적으로는 세입자일 뿐이다.

그런데 갑자기 이런 협상에 전면에 나선다는 것은, 그녀가 자신들이 찾던 그 협잡꾼이라는 이야기가 된다.

'세입자야 뭐, 핑계를 만들어 내려고 임시로 들어온 걸 테고 말이야.'

노형진은 그녀의 생각을 빤히 알고 있었다.

"글쎄요. 저희가 알기로는 도리어 이쪽 땅값이 올랐을 텐데요?"

"그거야 멋모르는 애들이 장기적으로 알아보지도 않고 올린 거고, 이미 주변에서 애들 교육에 관해서 말이 많아요. 장기적으로 땅값이 떨어질 수밖에 없단 말입니다."

"그 부분에 대해서는 죄송합니다."

"에?"

"엥?"

옆에 있던 무태식과 손채림은 노형진이 순순히 사과하자 깜짝 놀랐다.

자신들이 알아본 바에 따르면 여기 땅값이 상담소 때문에 떨어질 가능성은 제로이기 때문이다.

"그래서 저희가 이렇게 협상하러 온 거 아닙니까?"

"그러니까 그쪽 입장을 말해 봐요."

"일단은…… 저희는 사과의 의미로 대표와 그 의장단분들에게 2억 정도 드릴까 생각 중입니다."

"뭐라고?"

"노 변호사님!"

노형진의 말에 깜짝 놀라서 자리에서 벌떡 일어나는 두 사람.

"자, 자. 진정하세요."

노형진은 부들부들 떨면서 일어난 두 사람을 진정시키면서 계속 말을 꺼냈다.

"그러니까 정당하게 위임서를 받아 오시면 저희가 대표와 그 의장단분들에게 2억을 임금 조로 지급해 드리지요."

"임금?"

"그렇지 않습니까? 그게 당연한 거죠. 여러분들은 이 일을 하기 위해서 생계유지 활동을 멈춰야 했습니다. 당연히 그걸 배상해 드려야지요."

격하게 떨리는 한세빈의 눈동자.

무려 2억이란다.

자신은 이번 건으로 2천만 원 정도 챙기고 튈 생각이었다. 그런데 2억이라니.

"그런데 말이죠."

물론 노형진이 그냥 돈으로 무마하려고 시작한 건 아니었다. 다 계획이 있었다.

"한세빈 님은 이곳의 세입자더군요."

"그래서요?"

"솔직히 세입자, 그것도 전세도 아니고 월세 사시는 분이라면 이번 사건에 관련이 없어서요."

"네에?"

순간 당황하는 그녀.

노형진은 그런 그녀와 주변의 사람들에게 마지막 카운터를 날릴 대사를 준비했다.

"그렇지 않습니까? 땅값에 관련된 문제인데 세입자라면 땅값과는 관련이 없지 않습니까? 그러니까 아무래도 우리로서는 대표로 인정하기 힘들거든요. 그러니까 회원분들과 주민분들에게 동의서를 받아 오세요. 80% 이상의 동의서를 받아 오시면 우리가 대표로서 인정하겠습니다. 그건 누구나 마찬가지입니다."

노형진의 진지한 말.

그리고 그 말은 마치 마법의 말처럼 작용하기 시작했다.

"꺼져, 이 새끼야!"

"어디 보고 새끼래!"

"그럼 외부에서 온 새끼지 뭐야!"

언성이 높아지는 동네.

시위는 사라졌고, 동네에서는 엄청나게 싸움이 벌어지기

시작했다.

무태식은 노형진과 위장하고 걸어가면서 지난 며칠 사이에 변해 버린 동네 분위기에 깜짝 놀랄 수밖에 없었다.

"이렇게 될 거라고는 생각도 못 했는데요?"

"후후후, 이기적인 인간들이니까요."

노형진은 그들을 보면서 피식 웃었다.

"저들의 목적은 간단합니다. 돈이죠. 그런데 제가 돈을 준다고 했습니다. 다만 그 수뇌부에게만 말이죠."

지금까지 수뇌부를 이루고 있던 녀석들은 외부에서 온 협잡꾼들이다. 노형진은 그들의 적법성을 의심했고, 그건 일종의 마법처럼 작용했다.

"우리가 주민이 아닌 다른 사람의 적법성을 의심하고 동의서를 받아 오라고 했을 때 과연 주민들의 반응은 어떨까요?"

"하하하."

무태식은 기가 막히다는 듯 웃었다.

그럴 수밖에 없는 게, 당연히 주민들은 그들을 내치고 자신들이 하려고 할 것이기 때문이다. 그래야 2억이라는 큰돈을 자신들이 집어삼킬 수 있다.

"그 녀석들, 쫓겨나겠군요."

"그럴 겁니다."

주민들이 바보도 아니고, 돈이 걸려 있는데 외부에서 온 녀석들을 가만둘 리 없다.

물론 전에는 조금 가지고 가는 거야 상관없다고 생각했을 수도 있다. 그만큼 자신들을 대신해서 일하는 부분도 있으니까. 더군다나 노형진이 임금 조로 주겠다고 못을 박았다. 즉, 그걸 받아서 서로 나눌 이유조차 없는 것이다.

그런데 2억이다. 당연히 그들을 내보낼 것이다.

"이해는 하겠습니다만 다른 게 문제입니다. 설마 그들이 대표를 뽑아서 오면 진짜로 돈을 주실 생각입니까?"

"설마요. 제가 그러겠습니까?"

"네에? 하지만 그들이 외부 인사를 쫓아내면 분명히 돈을 달라고 할 텐데요?"

"압니다. 그러니까 제가 미리 준비하는 거죠. 무 변호사님은 인간의 욕심에 대해서 너무 쉽게 생각하십니다, 하하하."

노형진 그 부분에 대해서 이미 생각해 둔 게 있었다.

그리고 며칠 후, 아니나 다를까 외부에서 와서 드잡이질을 하던 녀석들은 제대로 저항도 못 해 보고 쫓겨났다.

들어올 때는 감언이설로 속일 수 있었지만 자기들 이권이 끼어들기 시작하자 주민들이 돌변한 것이다.

그리고 그다음부터는 자연스럽게 주민들끼리의 싸움이 시작되었다.

"당연히 내가 대표를 해야 하는 거 아냐?"

"무슨 소리야! 너 여기 이사 온 지 얼마 됐냐? 1년밖에 안 된 놈이잖아!"

"그게 무슨 상관인데!"

"당연히 대표는 내가 해야지! 내가 여기서 10년을 살았다."

"난 30년째 살고 있거든!"

악다구니를 써 대면서 싸우는 인간들.

그들은 하나같이 자신들이 대표를 하겠다면서 싸우고 있었다.

그럴 수밖에 없다. 일단 2억을 주는 게 아니라 대표와 그수뇌부에게만 준다고 했기 때문이다.

당연히 그들은 저마다 수뇌부가 되기 위해서 싸울 수밖에 없었다.

"이 새끼들아! 나이로 하자!"

"웃기지 마! 나이도 똥구멍으로 처먹은 백수 주제에!"

"뭐, 백수? 싯팔, 내가 이래 봬도 대기업 부장까지 했던 사람이야!"

"그게 벌써 몇 년 전인데! 명퇴당하고 아직까지도 정신 못차린 주제에."

"직급으로 뽑으면 내가 해야 하는 거 아냐? 난 이사까지했다고!"

"씨발, 난 사장이다!"

"직원 세 명 있는 가게도 사장이냐!"

"어쩔 건데!"

서로 싸워 대는 인간들.

그들은 자신과 자신의 파벌의 승리를 위해 악착같이 싸웠다.

그리고 그제야 무태식과 손채림은 노형진이 목표한 게 뭔지 알아차렸다.

"자기들끼리 싸우느라 우리는 아예 뒷전이군요."

"후후후, 2억이라는 돈에 눈이 먼 거죠."

이들이 필사적일 수밖에 없는 게, 소송으로 들어가면 아래에 있는 일반인들은 돈을 받을 가능성이 낮다는 게 변호사들의 의견이었던 것이다.

그런데 수뇌부는 무조건 2억을 준다고 했으니 당연히 거지로 나가떨어지는 것보다는 돈을 받는 게 더 중요했다.

"저들은 저렇게 이합집산하면서 패거리를 형성할 겁니다. 이제 어느 정도 패거리가 형성된 모양이구요."

노형진은 그들이 회의하는 장면을 바라보고 있었다.

안에 카메라를 든 직원을 집어넣는 것은 어려운 일이 아니었던 것이다.

"네 패거리라."

무태식은 혀를 끌끌 찼다.

저들의 패거리를 보면 총 네 개 팀으로 나뉘어 있었다. 그들은 아귀다툼을 하면서 저마다 자신들이 대표를 하겠다고 우기고 있었다.

"그런데……."

"응?"

"저러다가 극적으로 타결되면 어떻게 해?"

노형진은 피식 웃었다.

"그건 내가 바라는 바가 아니지. 그러니까 이걸 준비한 거고."

"뭘?"

노형진은 서랍에서 엄청나게 두툼한 서류철 하나를 꺼내
들었다.

그리고 그게 뭔지 알아챈 손채림은 탄성을 내질렀다.

"아!"

"아마 상대방이 보살이 아닌 이상에야 극적 타결 같은 건
물 건너갈걸, 후후후."

노형진은 자신 있게 웃었다.

⚖️

"이게 뭐야?"

성만수는 집 앞에 놓여 있는 커다란 봉투를 보고 고개를
갸웃했다.

주소도 없고 보낸 사람도 없는 이상한 봉투에 자신의 이름
만 덩그러니 쓰인 채 대문 안쪽에 놓여 있었기 때문이다.

"이게 뭐지?"

그는 얼굴을 찌푸리면서 그걸 열었다.

그리고 그 안에 있는 자료들을 보고는 흠칫했다.

이것이 법이다

"이건?"

자신과 가장 사이가 안 좋은 3통반장에 관한 자료들이었다. 그것도 대표 자리를 놓고 싸우고 있는 3통반장의 치부로 가득했다.

"이런 개새끼."

3통반장이 어떤 젊은 여자와 모텔로 들어가는 모습이 찍혀 있었는데, 그 여자는 뒷모습만 보였지만 그것만으로도 누군지 알 수 있었다.

바로 3통반장과 함께 자신을 공격하고 있는 세탁소집 딸내미였다.

문제는 그 딸내미가 올해 고 2, 미성년자라는 것이다. 강제로 가는 것도 아니고 좋다고 가는 걸 보니 거래가 있는 듯했다.

"후후후, 이 개자식."

그의 눈에 불이 켜졌다.

안 그래도 요즘 밀리고 있어서 돌파구가 필요한 상황.

"오늘 두고 보자."

때마침 오늘 회의가 있기 때문에 그는 이를 박박 갈았다.

그리고 드디어 회의 시간이 되었다.

"성만수 당신 말이야, 교장이었다고 그럼 안 되지. 교장이 뭔데? 타의 모범이 되어야 하는 사람 아니야?"

3통반장은 회의가 시작되자마자 성만수를 공격하기 시작

했다.

그런데 오늘은 분위기가 이상했다.

"맞습니다. 교장씩이나 되는 분이 과한 욕심을 부리면 안 되죠."

다른 파벌까지 함께 성만수를 공격하기 시작한 것이다.

그리고 그걸 본 성만수는 어이가 없었다.

'이거 봐라?'

자신이 모르는 사이 저들끼리 뭉쳐서 이야기가 된 모양이 었다. 딱 봐도 자신을 일단 밀어내려는 분위기였다.

하긴, 자신의 세력이 가장 약하니까 함께 자신을 밀어내자 는 이야기가 나왔을 것이다.

'혼자는 못 죽는다.'

그는 이를 빠드득 갈았다. 그리고 3통반장을 바라보았다.

"모범이 되어야 하는 건 교장만이 아니죠. 당신이 대표 하고 싶은 모양인데, 타인의 모범이 안 되는 사람이 어떻게 대표를 한다고 합니까?"

"난 모범이 된다고 자부합니다."

"자부?"

성만수는 비웃음을 날리면서 아침에 자신에게 도착한 사진을 꺼내 들었다. 그리고 그걸 책상 위에 던졌다.

"헉!"

"이건?"

다들 눈이 크게 뜨였다.

3통반장이 모텔로 들어가는 모습이 찍혀 있는 사진이었다.

"요즘은 바람을 피우는 게 참 자랑스러운 시절인가 봅니다?"

"이, 이걸 어떻게?"

3통반장의 눈빛이 격하게 떨리기 시작했다. 설마 자신의 꼬리에 누군가 붙었다고는 생각도 못 했던 것이다.

그러나 사진은 이미 찍혔고 더군다나 외부에 공개까지 되었다.

하지만 문제는 그게 아니었다.

"그리고 보니 이 여자 뒷모습이 익숙하지 않습니까? 교복을 입지는 않았지만 누군지 알아볼 수 있을 것 같은데요? 안 그렇습니까?"

성만수는 그렇게 말하면서 세탁소 주인을 바라보았다.

그러나 세탁소 주인의 귀에는 이미 그런 소리가 들어오지 않았다.

특유의 단발머리 그리고 그녀의 손에 들린 가방. 그녀가 입고 있는 옷과 신발. 그 모든 게 자신이 사 준 것이다.

자신의 딸.

그 딸이 3통반장과 팔짱을 끼고 모텔로 들어가고 있었다.

"이 여자, 아무리 봐도 미성년자 같은데요? 그리고 아무래도 우리가 아는 애 같지 않습니까?"

성만수의 말이 끝나기 무섭게 세탁소 주인은 반장에게 몸을 날렸다.

"야, 이 개새끼야!"

"파토 났네."

손채림은 마을을 지나가면서 속으로 킬킬거렸다.

"좋냐?"

"속이 다 시원해. 사람을 무슨 원숭이 보듯이 쳐다보더니."

결국 동네는 파토가 났다. 뭉치기는커녕 서로 대화도 안 하려고 한다.

노형진이 흥신소를 통해 모은 정보를 가지고 있다가 일방적으로 누군가 몰린다고 생각이 들 때마다 그 자료를 몰래 넘겨주니 그렇게 될 수밖에 없었던 것이다.

그렇다 보니 동네 주민끼리 서로 고소 고발이 계속되어, 급기야 상대방이 자신의 뒷조사를 한다는 생각에 예민하게 반응하기 시작했다.

결국 그들은 90%의 동의를 얻어서 대표를 보내기는커녕 서로 대화도 안 하는 지경이 되었다.

"이제 돈 달라고 하지도 못할걸."

"돈이 문제가 아닌 것 같은데?"

벌써 수십 명이 구속되어는 사태가 벌어졌기 때문에 이 동네는 더 이상 사람이 하하 호호 하며 살 수가 없어졌다.

특히나 말 그대로 남사스러운 종류의 비밀이 까발려진 집들은 급매로 집을 내놓고 이곳을 떠나야 했다.

그러자 노형진은 그런 곳을 자신이 사들이기 시작했다.

싸게 나온 것도 있지만 협잡꾼이 다시 와서 난장판을 만들까 봐 걱정되었던 것이다.

"결국 이들은 자기 욕심에 침몰한 거야."

"너 진짜 머리 좋다. 난 기껏해야 약점 잡아서 협박이나 생각했는데."

"그건 하수지. 이런 집단은 욕심이 많기 때문에 내부에서 그 욕심을 조금만 자극하면 알아서 몰락하게 되어 있어."

노형진이 그렇게 말하면서 회의실로 갈 때였다. 갑자기 노형진의 전화기가 미친 듯이 울리기 시작했다.

"네, 노형진입니다."

노형진은 무심결에 받아 들었다.

그런데 그 너머에서 무겁고 진지한 목소리가 들려왔다.

─노 변호사님.

"무 변호사님, 어쩐 일이십니까? 안 그래도 가고 있었는데요."

─찾았습니다.

"뭘 찾……."

물어보려고 하던 노형진은 갑자기 온몸에 소름이 쫙악 돋았다.

그들이 찾고 있는 사람들. 그들은 한 종류의 사람들뿐이었다.

—드디어 찾았습니다.

무태식의 말에 노형진은 절로 침이 넘어갔다.

"드디어…… 싸움이 시작되는군요."

방송국을 상대로 한 싸움.

그게 드디어 시작된 것이다.

돌려 까기

"노형진이라고 합니다."

노형진은 힘들게 만난 사람을 보면서 침을 꿀꺽 삼켰다.

계획대로 대룡에서 만든 상담소를 찾아온 사람. 그는 방송국의 피해자였다.

"이게 정상인가요?"

그녀는 왠지 두려운 표정이었다.

그럴 수밖에 없는 게, 상담 치료를 받고 싶어서 왔는데 변호사까지 등장했기 때문이다.

"정상입니다. 상담 치료는 기본적으로 그 일이 자신의 잘못이 아닌 걸 인식하고 자기 스스로에 대한 증오를 인식하는 과정이지요. 그러기 위해서는 가해자에 대한 응징이 수반되

어야 합니다. 물론 안 할 수도 있지만, 그래서는 제대로 치료
가 진행되지 않습니다. 상처가 치료될수록 상대방에 대한 증
오가 밀려오거든요."

상담사는 설명을 해 줬다.

물론 정상적인 과정인 것은 맞다. 그렇지 않다면 상담사가
그렇게 설명할 리 없다. 그녀는 노형진의 계획에 대해서 잘
모르니까.

'그렇지. 정상이지.'

딱 하나만 빼고 말이다.

다른 사건은 새론의 신입이 경험 삼아 하지, 노형진이 하
지는 않는다.

"일단은 소송을 해야 하기 때문에 변호사로서 입회한 겁니
다. 물론 하기 싫다면 안 하셔도 됩니다."

상담사는 딱 잘라서 말했다.

고소해서 처벌하는 것이 필요한 과정이기는 하지만 반대
로 그걸 더 고통스러워하는 사람도 있다. 그래서 실제로 고
소는 포기하고 상담 치료만 받는 사람도 있다. 물론 시간이
더 걸리기는 하지만 말이다.

"다만 그렇게 되면 지원금 신청은 포기하시는 겁니다. 아
시죠?"

"네."

공식적으로 지원금은 홍보를 위해서 새론이 내놓는 것인

만큼 새론에 소송을 맡기지 않는다면 그걸 줄 이유는 없다.

"하아!"

피해자는 한숨을 푹 쉬다가 고개를 끄덕거렸다.

"할게요."

'나이스.'

물론 그녀도 생각이 많았다.

고소를 진행하면 그쪽으로 더 이상 나갈 수 없다는 것도 안다. 하지만 더 이상 가고 싶지도 않았다.

그녀는 주연은커녕 조연도 아니고, 단역이었다. 그나마도 대부분은 엑스트라보다 조금 더 나은 수준.

"자, 그러면 시작해 보죠."

"제 이름은 고민아라고 합니다."

그렇게 자신의 이야기를 시작하는 고민아.

이야기를 듣던 노형진은 기가 막혀서 말이 안 나왔다.

그녀는 엑스트라부터 성장한 타입이다. 엑스트라를 하다가 운 좋게 소속사에 들어가서 단역을 하게 되었던 것이다.

"그런데 엑스트라나 단역은 절대적으로 반장의 말에 따라 움직이는 수밖에 없어요. 회사도, 가고자 하는 사람들도 많으니까요. 그래서 그 반장이라는 인간들은 여자 출연자들을 아주 대놓고 창녀 취급을 하기도 해요."

"그래도 놔둡니까?"

"네. 방송국에 항의해 봐야 방송국에서 보여 주는 태도는 더러우면 나오지 말든가 하는 식이에요. 그리고 그렇게 항의한 사람들은 다시는 출연을 못 하게 돼요. 문제는, 그렇게 항의한 사람들의 소속사까지 출연을 막는다는 거죠."

"결국 소속사까지 망하게 하겠다 이거군요."

"네."

반장들은 인력 동원에 대한 절대적인 위력을 가지고 있기 때문에 상위 연예인이 없는 작은 곳은 저항할 수조차 없다고 한다.

"하지만 조합이 있지 않습니까?"

한국엔터테인먼트조합은 이런 일을 방지하기 위해서 노형진이 만든 곳이다.

아무리 반장이 위력이 세다고 하더라도 조합 규모의 힘을 이기지는 못한다. 그런데 그런 곳에서 힘을 못 쓰다니 의외였다.

그런데 그건 노형진이 이 연예계의 구조를 몰라서 하는 말이었다.

"거긴 연예인이 어느 정도 있는 곳들이죠."

"네?"

"그들은 연예인이고, 우리는 단역이고."

쉽게 말해서 그곳에 속한 회사들은 유명한 연예인이 있든가 하다못해 소수의 실력 있는 연예인 지망생을 훈련시켜서 데뷔시키는 곳이다.

그에 반해 고민아가 속했던 곳 같은 소형은 사실 연예 기획사라기보다는 인력 동원 회사에 가깝다는 것이다.

인원이 필요하다고 하면 대량으로 엑스트라나 단역을 보내 주는 곳.

"그들은 딱히 그곳에 가입해도 이득이 없어서요. 거기에다 알게 모르게 반장들이 조합에 가입한 곳에 불이익을 줘요."

"불이익을 준다고요?"

그건 노형진도 알지 못했던 사실이었다.

지금까지 딱히 불이익이 온 적이 없었기 때문이다.

"대상이 다르니까요. 저쪽은 속해 있는 사람이고 주로 대상이 PD들 같은 사람들인 반면 우리는 반장이 동원해요. 그리고 그들은 조합에 속한 기업에서는 안 불러요. 같은 세계지만 다른 세계지요."

그런 경우는 많다. 서로 취급하는 곳이 다르니까 서로 뇌물을 받는 곳도 다른 것이다.

"PD는 이런 것에 관여하지 않습니까?"

"PD요?"

PD의 이야기에 고민아는 우울하게 말했다.

"전에 한 PD가 이런 말을 했어요."

"무슨 말요?"

"우리는 겸상 안 한다고."

"네? 그게 무슨 말이죠?"

"두 가지 뜻이 있지요."

여기서 말하는 겸상이란 절대 좋은 의미가 아니다.

첫 번째 이유는, 좀 노골적으로 표현하자면 반장이 건드린 여자는 자기들은 안 건드린다는 뜻이다. 그런 여자들이 불쌍해서가 아니라 자기네 수준과 안 맞다고 생각해서였다.

두 번째 이유는 그들이 소속이 다르기 때문이다. 그건 노형진도 몰랐던 사실이었다.

"소속이 다르다고요?"

"네. 그들은 엄밀하게 말하면 외주 업체예요."

"외주 업체?"

"네. 요즘 드라마고 예능이고, 방송국 자체 제작은 그다지 많지 않아요. 외부에서 제작하고 방송국은 그걸 틀어 줄 뿐이지요."

"그런데 왜 그렇게 막나가는 거죠?"

손채림은 이해하지 못한다는 얼굴이 되었지만 노형진은 대충 상황이 이해가 갔다. 이런 형태는 흔하기 때문이다.

"외주라고 해서 완벽하게 별개는 아니죠?"

고개를 끄덕거리는 고민아.

"그게 무슨 말이야?"

손채림이 여전히 이해하지 못하자 노형진은 그런 그녀에게 차분히 설명해 줬다.

"일반적으로 외주라고 하는 건 결국 외부에서 일을 받아서 하는 별개의 업체라는 뜻이야."

"그거야 알지."

"문제는 그걸 하고자 하는 사람들은 많고 방송 시간은 한정되어 있다는 거지. 즉, 외부에서 만든 프로그램을 방송에 넣기 위해서는 상당한 인맥이 필요하다는 거야. 만일 방송에 넣지 못하면 돈 들여서 만든 프로그램은 쓰레기가 되어 버리니까."

"헐? 그런 구조야?"

"그래. 가령 이런 거 있잖아, 촬영이 끝난 지 몇 달이 지나도록 상영 못 하는 영화. 그게 왜 그렇겠어? 다 영화관을 잡지 못해서 그렇잖아. 가령 공포 영화 같은 건 시기를 놓치면 제대로 상영도 못 해 보고 망하든가 버티다가 다음 해에 개봉해야 하지."

"아아!"

"그런데 그렇게 시간을 잡기 위해서는 상당한 인맥이 필요하지."

"설마……?"

"그래. 대부분의 그러한 회사들은 방송국에서 정년퇴직당한 사람들을 일종의 관례처럼 고용하는 게 있어. 그 파워가 강할수록 한곳과 같이 일하지."

"특히 드라마 쪽은…… 거의 고정이나 다름없어요."

노형진은 상황을 대충 알 것 같았다.

드라마 같은 것은 그런 파워 게임이 무척이나 중요한 곳 중 하나다. 그렇다 보니 작가에게 회당 수천만 원씩 지급해 가면서 고용하기도 한다.

"당연히 그중에서 엄청난 인맥을 가진 방송국 인사를 데리고 오겠지. 말이 별개이지, 사실상 하나처럼 움직일걸."

"그걸 어떻게 알아?"

"드라마 보면 비슷하다는 느낌 안 들어?"

"어…… 그렇지?"

"그런 게 이유 중 하나야. 새롭고 참신한 드라마는 기존 세력에서 용납을 안 하는 거지."

그렇다 보니 비슷비슷한 주제로 계속 재탕하는 것이다. 그리고 그럴수록 그들의 관계는 더욱 확고해진다.

"그럼 이번에 사고를 친 녀석들의 회사는…… 엄청나게 강한 파벌을 가지고 있겠군요."

"소속된 이사 중 다섯 명이 방송국 출신이에요. 그것도 드라마국 출신."

"헐."

그렇다면 거의 같은 기업이라고 봐도 무방하다.

그렇다 보니 그 반장이라는 녀석들은 기고만장해서 엄청나게 사고를 치고 다닌 것이다. 그래도 방송국에서는 지켜 줄 테니까.

"도대체가…… 아니, 방송국이 다 그래요?"

손채림이 말도 안 된다는 듯 소리를 쳤다. 그러자 그녀가 고개를 흔들었다.

　　"물론 이런 식으로 막나가는 사람들이 많지는 않아요."

　　"그런데요?"

　　"문제는 그들과 선에 닿아 있는 사람들이 권력의 핵심에 있다는 거죠."

　　"핵심?"

　　"하아!"

　　노형진은 갑자기 상황이 이해된다는 듯 한숨을 쉬었다.

　　"승진이 문제군요."

　　"네."

　　"무슨 소리야?"

　　"생각해 봐. 지금 주요 자리에 있는 사람들은 방송국에서 20년, 30년씩 일하던 사람들이야. 그 사람들 세대에는 성 상납이라는 게 일상이었고 이러한 강간도 일상적인 일이었다고. 그런 녀석들이 정년퇴직하고 외부 업체로 가겠지. 그럼 그 자리는 누가 채우겠어? 당연히 그 녀석에게 배운 직속 후배들이 채우겠지."

　　"뭐라고?"

　　"그때는 인터넷이 없었어. 유명한 연예인이 되기 위해서는 절대적으로 방송이라는 체계에 기대는 수밖에 없었지."

　　그리고 그런 인간들이 승진해서 위에서 자리를 잡았다.

물론 시대가 변한 만큼 새로 들어오는 사람들 중에는 정상적인 사고를 가진 사람도 많았을 것이다.

"그렇지만 윗물이 맑아야 아랫물이 맑다는 말이 있지."

누군가는 정상적으로 일하고 아무런 뇌물도 주지 않는 반면 한쪽은 뇌물과 성 상납을 한다고 했을 때, 위쪽에 있는 사람들이 누굴 선택할지는 뻔한 일이다.

자신들이 그렇게 살아온 만큼 그걸 고치기는 힘들 테니까.

"결국은 그 녀석들도 아는 거야, 자신들이 나가서 똑같은 대접을 받으면서 살려면 같이 공생 구조를 만들어야 한다는 걸. 그러니 그들이 사고를 쳐도 모른 척하는 거지. 그래야 자신들이 나갔을 때 이사로 대접받으면서 들어갈 수 있을 뿐만 아니라 성 접대도 여전히 받을 수 있으니까. 쉽게 말해서, 자기들이 미래에 저지를 일이니까 차마 잘라 낼 수가 없었겠지."

"그래서 방송국과의 싸움이라고 한 거야?"

"그래."

단순 PD와의 싸움이라면 문제가 되지 않았을 것이다. 그냥 고발하고 형사처벌 받고 끝이었을 테니까.

"하지만 이건 그런 게 아니야. 오랜 시간 만들어진 구조적인 문제지."

"흠……."

"더군다나…… 요 근래에 말이 많잖아?"

"아……."

현 정부에서는 방송국을 손에 넣기 위해서 자기 입맛에 맞는 사람들을 무차별적으로 자리에 꽂아 넣거나 내부에서 승진시키면서 방송국을 통제하려고 했다.

문제는 그렇게 정권의 입맛에 맞게 움직이는 녀석들이 올바른 녀석일 가능성은 거의 제로에 가깝다는 것이다.

"그런 녀석들이 손에 권력이 들어왔을 때 무슨 짓을 하겠어?"

"완장질 하나 끝내주겠네……."

"그래. 그게 현실이지."

완장질이란 6.25 당시 북한군이 저지른 일을 비꼬는 말이다.

북한군은 점령 지역에 주둔군이나 치안 부대를 두는 대신에 해당 지역에서 누군가를 뽑아서 힘을 부여하고 그에게 지배를 맡겼다.

문제는 그들의 정치적 특성상, 멀쩡한 사람이 아니라 기존 세력에 엄청난 증오를 가지고 있는 빈민이나 하층민 위주로 선발했다는 것이다.

그 결과, 그들은 그 권력에 취해서 자신의 말에 반대하는 사람을 무차별적으로 죽여 댔다. 그게 북한군에게서 민심이 떠나는 결정적인 이유가 되었고 말이다.

그런 인간들에게 붉은색 완장을 수여했기 때문에 보통 권력에 취해서 날뛰는 것을 '완장질'이라고 표현한다.

"정확하게 아시네요."

"인간이라는 게 뻔하거든요."

노형진은 고민아의 이야기를 들으면서 상황을 정리했다.

자신의 예상대로 이건 일부 반장만 해치워 버리면 되는 게
아니다.

"그래서 고발하고자 하시는 건가요?"

"필요하다면요. 제가 다시는 그곳으로 갈 생각이 없으니
까요."

노형진은 고개를 끄덕거렸다.

"혹시 그런 피해자분들이 많습니까?"

"못해도 수백 명일 거예요."

"수백요?"

무태식은 입을 쩍 벌렸다. 그 정도로 심각할 거라고는 생
각도 못 했던 것이다.

"대량으로 동원되는 인원 중에 여자가 몇 명일 거라고 생
각하세요? 물론 직접적인 강간까지 간 건 수십 명 정도겠지
만 거기서 일하면서 성희롱이나 성추행을 안 당한 사람은 없
으니까요."

"음……."

만일 성희롱이나 성추행을 당한 사람까지 피해자로 넣는
다면 수천 명이 될 수도 있다.

"알겠습니다. 혹시 그분들과 연락할 수 있을까요?"

"네? 그거야 어렵지 않지만……."

동병상련이라고 했다. 그들과 서로 보듬으면서 버틸 수밖

에 없는 게 현실이다.

"그분들에게 도움을 주고 싶어서요."

"그렇다면 제가 연락해 볼게요."

노형진은 고개를 끄덕거렸다.

그들이 오는 순간, 드디어 공격을 시작할 시점이 될 것이다.

"일단은 피해자들을 모으는 데는 성공했어. 조만간 사람들이 더 많이 데리고 올 거야."

"숫자가 많아지는 건 좋은데 그들이 권력을 가지고 있는 이상 의미가 없지 않습니까?"

무태식은 걱정스럽게 말했다.

아무리 생각해도 그들이 순순히 잘못을 인정할 리 없었다.

"그건 그렇지요. 방송국에서는 사건이 터지면 아마 어떻게 해서든 덮으려고 할 겁니다."

현재 이번 상담으로 인해서 드러나고 있는 건 일반적인 사건들뿐이다. 그렇다 보니 방송국은 아직까지는 새론과 대룡의 편을 들어 주면서 여성 인권의 비약적 발전이라고 얼굴에 금칠을 해 주는 상황.

"하지만 가해자 중에 자기네 사람이 있다는 걸 아는 순간 돌변할 겁니다."

"그걸 막기 위해서 하는 거잖아?"

"그렇지."

"숫자로 밀어붙이는 거야? 말 못 하게?"

"그것도 방법이기는 한데, 그랬다가는 부작용이 심할 거야."

"심하다고?"

"일단 피해자의 숫자가 어마어마하면 방송국이야 조용해 질 때까지 입 닥치고 있겠지. 그렇지만 끝난 다음에까지 조용하리라는 법은 없어."

어떤 식으로든 보복하려고 할 것이다.

그러니 자신들은 절대로 전면에 나서서 방송국과 싸워서는 안 된다.

"그러면 어떻게 해? 일단 복수를 위한 사람 숫자를 채웠다고 해도 방송국을 막을 방법이 없잖아?"

"글쎄, 방송국이 직접 팽하게 만들면 되지 않을까 싶은데?"

"팽하게 만든다고?"

"그래."

노형진은 바로 다음 계획을 설명하기 시작하자, 손채림과 무태식은 뭐라고 할 수 없는 묘한 표정이 되어 버렸다.

⚖️

─임 부장님, 혼자는 못 죽습니다.

이것이 법이다

전화기 너머에서 들리는 목소리에 임 부장은 길길이 날뛰
었다.

"너 이 새끼, 미쳤어?"

—네, 미쳤습니다. 씨발. 지켜 주기로 했잖습니까!

"내가 언제, 이 새끼야!"

—그동안 받아 처먹은 게 있으면 약속을 지켜야 할 거 아냐!

"이놈의 새끼가 증말!"

임 부장은 돌아 버릴 지경이었다.

얼마 전까지만 해도 자신에게 굽실거리던 녀석이 갑자기
돌변해서는 길길이 날뛰고 있었기 때문이다.

물론 이해는 간다. 그에게 고소가 들어간 것이다. 그런데
그게 한 건도 아니고 수십 건이다.

우연히도 상담소에 찾아간 사람들이 그를 강간 및 성추행
그리고 성희롱으로 고소했는데 그 시기가 겹쳐 버린 것이다.

—우리가 당신한테 어떻게 했는데, 이럴 수가 있어!

"이게 미쳤나!"

임 부장은 당혹스러웠다.

그에게 받아먹은 게 있으니 어느 정도는 실드를 쳐 줄까
했는데 워낙 일이 커져서 약간 주저하던 차였다. 그런데 그
에게서 전화가 와서는 난데없이 협박하는 것이다.

—미친 건 당신이지! 그동안 받아 처먹고 날 버리려고? 웃
기지 마! 나 혼자는 못 죽어! 같이 죽자!

"야, 이 새끼야!"

그러나 이미 전화는 끊어져 있었고 임 부장은 길길이 날뛰기 시작했다.

"으아, 이 미친 새끼! 죽여 버리겠어!"

그가 그렇게 길길이 날뛰고 있을 때 전화를 건 사람은 전화를 끊으면서 피식 웃었다.

"자, 한 건 또 끝났고."

"이걸로 될까?"

손채림은 어리둥절한 얼굴이 되었다.

전화해서 협박하는 건 좋다. 그런데 자신들이 협박하는 걸 알면 자신들이 표적이 된다.

그런데 노형진은 직접 전화를 해서 상대방인 것처럼 행동한 것이다.

"이거면 될걸. 아마 협박받은 놈들은 빡쳐서 안 도와줄걸."

"하지만 목소리도 다르고 다 다른데?"

노형진은 피식 웃었다. 그리고 손채림에게 간단한 질문을 던졌다.

"너 말이야, 우리 회사에 출근할 때 카운터에서 안내하는 아가씨 목소리 기억해?"

"응?"

손채림은 고개를 갸웃했다. 갑자기 무슨 질문인지 이해가 가지 않았기 때문이다.

어찌 되었건 그녀는 한참 생각했지만 도무지 기억나지 않았다.

"기억이 안 나는데."

"그렇지?"

"그래. 그런데 이거랑 그거랑 무슨 관계가 있어?"

"지금 내가 전화를 건 사람은 부장급이야. 부장급이 과연 고작 반장급 목소리를 알기나 할까?"

"엉?"

그러고 보니 그렇다.

자신이 출근할 때 매일 보는 사람이 카운터에서 안내하는 아가씨다. 개인적으로 이야기한 적도 있기는 하지만 그다지 친하지 않기 때문에 그녀의 목소리는 기억하지 못한다.

"더군다나 전화기는 통화를 위해서 약간 목소리를 변조시켜. 그래서 전화상의 목소리와 실제 목소리는 약간 다르지."

"아무리 그렇다고 해도 나중에 전화번호를 확인하면 다 알잖아?"

"이거 말이야?"

노형진은 방금 통화한 핸드폰을 흔들면서 피식 웃었다.

"너 혹시 전화번호 변조 기술이라고 알아?"

"전화번호 변조 기술?"

"그래."

"그게 뭔데?"

"쉽게 말해서 스팸이야."

"스팸?"

현대에는 수많은 스팸 전화가 있다.

문제는, 그 스팸 전화는 한두 곳에서 하는 게 아니며 또 수많은 번호가 다른 사람의 번호로 되어 있다는 것이다. 그렇다 보니 그들은 정해진 번호 내에서 전화를 걸어야 하는데, 사람들은 그 번호를 알면 바로 차단해 버린다.

"그래서 생긴 게 바로 번호 변조 기술이야."

이쪽 전화번호와 전혀 다른 번호를 상대방의 전화에 뜨게 만드는 기술.

당사자는 스팸을 차단했다고 생각하겠지만 정작 그 번호는 없는 번호이거나 전혀 엉뚱한 제3자의 번호다. 그런 식으로 스팸 전화를 영구적으로 운영하는 것이다.

물론 명백하게 위법이지만, 정부는 말로만 단속한다고 할 뿐 잡을 생각은 전혀 없다. 매일같이 넘쳐 나는 스팸이 그 증거다.

"헐…… 설마?"

"맞아. 아마 상대방 번호는 그 인간 번호로 뜰걸."

노형진은 피식 웃었다.

요즘 시대에 사람이 많아지면 사람은 목소리보다는 번호로 기억하게 된다. 더군다나 부장과 반장의 갭은 하늘과 땅 차이만큼이나 크다.

"평소에 그 목소리를 알 리 없지. 설사 교류가 있다고 해도 기억할 가능성은 거의 없어. 그런 상황에서 번호를 추적하면 결국 반장들이 나오게 되어 있거든."

"그러면 상대방에게 전화를 걸어서 확인할 수 있잖아?"

"그래서 계속 반장들의 전화로 전화 걸고 있어."

"응?"

"지금 반장들의 전화는 다 꺼져 있는 상태야."

자동으로 전화 거는 프로그램을 만드는 건 어려운 일이 아니다. 그렇게 만든 프로그램으로 반장들의 전화로 끊임없이 전화를 걸자 그들은 그 전화에 질려서 전화기를 다 꺼 둔 상태.

"당연히 부장들이 걸려 온 전화로 걸어 봐야 전화기는 꺼져 있지."

그렇다면 그들은 당연히 회사에 가서 그 번호에 대해 알아보려 할 테고, 그게 반장 전화번호가 맞다는 것을 알아차릴 것이다.

"하지만 아무것도 안 받은 게 사실이라면?"

"내 알 바 아니지."

"응?"

"내 알 바 아니라고. 설사 안 받았다고 해도 내 소기의 목적은 이룩했어."

"그게 뭔데?"

"상위직 열 받게 만드는 거."

상위직은 이번 사건으로 제대로 열을 받고 있을 게 분명했다.

"이게 무슨 소리야?"

드라마국 국장은 부하들의 항의에 어이가 없어서 말이 안 나왔다.

"반장 놈들이 그랬다고?"

"네. 혼자서 못 죽는다는 둥, 같이 죽자는 둥, 우리 처벌받으면 강간하라고 시킨 게 방송국이라고 불 테니까 알아서 지켜 달라는 둥 미쳐 날뛰고 있습니다."

"이 새끼들이 미쳤나……."

국장은 한두 명도 아니고 여러 명이 그런다는 소식에 더더욱 말이 안 나왔다.

"그래서 확인해 봤어?"

"그게, 그 새끼들 전화도 꺼져 있고 출근도 안 했습니다. 이 새끼들이 미쳤나 봅니다."

"헐……."

사실 이것도 함정이었다.

끊임없이 걸려 오는 전화 때문에 핸드폰은 꺼 둔 상태고 출근은 하고 싶어도 집 앞에 기자들이 바글바글해서 나올 수가 없었다.

방송국 차원에서 이루어지는 강간이라는 주제에, 인터넷 언론사들이 군침을 흘리면서 달려들었던 것이다.

"누가 찾아가 봤어?"

"갔다가 그냥 왔습니다. 입구에 기자들이 바글바글해요. 잘못 엮이면 우리 명예가 땅에 떨어지게 생겼습니다."

"이런 미친……."

국장은 얼굴을 찡그렸다.

"일단 나가 봐."

"네?"

"일단 나가 보라고. 여기서 뭐 어쩔 수 있는 게 아니잖아. 당사자들이 모조리 잠수 탔는데."

"징계는요?"

"일단 징계 절차에 들어가려 해도 일단 그 녀석들이 나와야 하잖아."

징계하기 위해서는 그들의 말을 들어야 한다. 그렇다 보니 아무래도 당장 자를 수가 없었다.

"일단 기다려 봐."

국장은 그렇게 이야기할 수밖에 없었다.

그리고 당연히 분위기가 이러하다 보니 그들을 위해서 압력을 행사하거나 소위 말하는 실드를 쳐 줄 수가 없었다.

그렇게 며칠이 지났다.

—김 국장 이 개새끼야, 네가 우리한테 이럴 수 있어?

발신 번호 제한으로 걸려 온 한 통의 전화. 그 너머에서는 어떤 남자가 분노를 토해 내고 있었다.

"너 누구야?"

─알 필요 없고. 이 개새끼, 자기들끼리는 온갖 실드를 다 쳐 주면서 우리는 필요 없다고 팽해 버려? 오냐, 그렇게 나온다 이거지? 우리도 어차피 막장이야, 이 새끼야. 끝까지 가자, 이 싯팔놈아.

다짜고짜 욕을 하던 그는 전화를 끊어 버렸다. 김 국장은 얼굴을 와락 찡그릴 수밖에 없었다.

그렇게 얼마나 지났을까.

며칠간 바쁘게 지내다 보니 그 사건에 대해 잊어버릴 때쯤이었다. 막 학원에서 돌아온 딸이 심각한 얼굴로 김 국장을 불렀다.

"아빠."

"응?"

"요즘 이상한 느낌이 들어."

"이상한 느낌이라니?"

"누가 따라다니는 느낌이 들어."

"따라다닌다고?"

김 국장은 등골이 오싹하면서 서늘한 느낌이 들었다. 며칠 전의 협박이 생각난 것이다.

발신 번호 제한으로 전화가 와서 누군지 알 수는 없지만 이번에 수사 대상이 된 반장 중 한 명인 것은 당연한 일.

"그게 무슨 소리야?"

"학원 끝나고 오는데 누가 따라오는 것 같더라고."

"뭐? 그럼 지금도 따라왔단 말이야?"

"응."

그는 후다닥 아파트 창문으로 달려갔다.

저 멀리 가로등 아래에, 이 더운 날씨에 모자를 푹 눌러쓴 누군가가 서성거리는 것이 보였다. 그는 힐끗거리면서 위를 바라보는 듯했는데, 그 방향은 분명 자신의 아파트 방향이었다.

"이, 이런……! 경찰 불러! 어서!"

그는 그렇게 말하면서 당장 집에 있던 야구방망이를 들고 튀어 나갔다. 여기서 잡지 못하면 일이 커진다는 생각이 문득 든 것이다.

"너 이 새끼! 거기 안 서!"

그가 나오자마자 남자는 깜짝 놀란 듯 허둥지둥 도망가기 시작했고, 확신하게 된 김 국장은 더욱 빨리 뛰었다.

"거기 서, 이 새끼야!"

고래고래 소리를 지르는 김 국장.

하지만 그가 채 반도 가기 전에 어둠 속으로 숨어 버린 범인. 그리고 갑자기 거친 타이어 파열음이 들리면서 빠르게 도망가는 차량이 보였다.

아파트 바깥에 다른 차가 서서 기다리고 있었던 것이다.

"헉헉헉."

김 국장은 거칠게 숨을 쉬면서 부들부들 떨었다.

하지만 가슴속 깊은 곳에서 치밀어 오르는 분노와 우려는 없앨 수가 없었다.

"무리입니다."

"그게 말이나 돼요! 협박당했고, 우리 딸을 따라다니는 놈이 있는데!"

"그게, 증거가 없잖아요."

경찰에 신고했지만 경찰은 시큰둥했다. 그 꼴을 당한 김 국장은 화가 나서 길길이 날뛰었다.

"그게 말이 되느냐고! 우리를 죽인다고 했단 말이다!"

"그러니까 말로는 무슨 말인들 못 하느냐고요. 보호 요청은 우리가 할 수 있는 것도 아니고, 그렇다고 우리가 매일 붙어 다닐 수 있는 것도 아니고. 최소한 녹음된 내용이라도 주시든가. 범인이라도 잡으셨다면 모를까, 고작 협박당한 걸로는 경찰이 못 지켜 드려요."

"지금 그걸 말이라고 하는 거예요?"

김 국장의 가족들은 어이가 없었다. 하지만 경찰들은 단호했다.

"죄송합니다. 우리가 할 수 있는 건 없네요."

"이런, 썅! 야. 나가자! 당장 보디가드 회사에 전화해서 한 명 고용해!"

식식거리면서 나가는 김 국장.

그들이 경찰서에서 나오는 모습을 노형진은 피식거리면서 보고 있었다.

"역시 걸렸네요."

"완전 꼼수 아닙니까?"

"하하하."

애초에 전화를 건 것도, 딸을 티가 나게 따라다니게 한 것도 노형진이다. 그리고 마지막에 도망가게 한 것도 노형진이다.

협박 전화가 의심을 불러일으키는 과정이었다면 이번은 그걸 확신으로 만들어 주는 과정이었다.

"아마도 김 국장은 범인이 반장들일 거라고 생각할 겁니다."

"그렇겠지요."

무태식은 노형진의 말에 고개를 끄덕거리면서 인정했다.

"이런 식으로 뒤통수를 맞았으니 당연히 저들은 범인들을 보호하지 않을 테구요."

"그런데 경찰은 어떻게 하신 겁니까?"

무태식은 놀랍다는 듯 물었다.

자신들이 함정을 파고 있었던 것은 안다. 그래서 가짜 협박 전화로 공포 분위기를 만들고 가짜 범인이 아주 티 나게 따라다닌 것도 안다.

그런데 어떻게 한 건지, 경찰이 그 사건에 끼어들지 않았다.

"아, 그거요?"

"네. 아는 인맥이라도 있는 겁니까?"

"아뇨. 전 아무것도 안 했는데요."

"네?"

어이가 없다는 표정이 되는 무태식.

노형진은 피식거리면서 말했다.

"전 진짜로 아무것도 안 했습니다."

"하지만 경찰은……."

"우리나라 경찰이 이런 데에 제대로 대처하는 거 보셨습니까?"

"……."

무태식은 아무런 말도 하지 못했다.

우리나라 경찰은 이런 사건에 제대로 대응하지 않는다. 경찰에 신고해 봐야 사건 일어나기 전에는 아무것도 못 한다는 식의 말뿐이다.

그나마 잘 만나 봐야 그쪽으로 순찰을 좀 돌아 보겠다는 정도?

"경찰이 누가 했는지도 모르는 협박에 움직일 리 없지요."

"하지만 대충 누군지는 알지 않습니까?"

"대충 아는 거죠, 대충."

증거도, 명확한 기록도 없다. 그런 상황에서 경찰이 수사를 위해서 당사자를 만나러 갈 이유가 없다.

"하지만 걸렸다면……."

"설사 경찰이 거기에 수사하러 간들, 그들이 안 갔다고 하면 그만이지요. 도둑놈이 도둑질했다고 하는 거 봤습니까?"

"허……."

반장들은 당연히 안 갔다고 할 테고, 그걸로 끝이다. 증거가 없으니 당연히 수사도 없다.

"어찌 되었건 이쯤이면 이간질은 완벽하게 끝난 것 같죠?"

노형진의 말에 무태식은 격하게 고개를 끄덕거렸다.

"네, 완벽하지요, 후후후. 남은 건 과거에 있었던 일을 뒤집는 것뿐입니다."

"뒤집는 것뿐?"

"생각해 보세요. 아무리 경찰이 무능하다고 하지만 피해자와 가해자를 바꾸는 게 무능만으로 해결될 일이라고 생각하십니까?"

"하긴…… 그렇군요."

무태식은 노형진이 하는 말을 바로 이해했다.

무능해서 범인을 잡지 못할 수도 있다. 때로는 실수로 범인을 못 잡을 수도 있다.

하지만 이번 사건의 경우 가해자와 피해자가 뒤바뀌어 버렸다. 강간과 폭행까지 했던 녀석들은 처벌 없이 풀려나고,

도리어 고발했던 부모들은 무고죄로 1천만 원에 가까운 벌금을 내게 되었다.

"벌금이 1천만 원이 나오는 경우는 드물죠."

"흠……."

두 딸이 강간당하고 자살까지 했다. 설사 그게 그들의 말마따나 우연히 그렇게 된 것일 뿐 성관계 자체는 합의에 의해서 이루어진 것이라고 생각한다고 해도, 두 딸이 동시에 자살한 부모에게 1천만 원이라는 벌금을 내리는 경우는 없다.

더군다나 증거가 없는 게 아니라 자살한 두 딸의 유언장과 주변의 진술까지 있었는데도 말이다.

"그렇게 고액의 벌금이 나오는 경우는 하나뿐입니다. 경찰이 터무니없이 악의적으로 사건을 조작한 경우죠."

"노 변호사님의 말이 맞습니다. 판사들도 악마는 아니니까요."

대한민국 판사들의 고질적인 문제가 선처에 관련된 부분이다.

엄벌을 처해야 하는 범죄자임에도 불구하고 판사들이 터무니없는 선처를 내려서 여론의 지탄을 받는 일이 흔하다.

그런 판사가 터무니없는 벌금을 내렸다는 건, 그들이 용서할 수조차 없을 만큼 악의적으로 증거가 조작되었다는 뜻이다.

"그게 가능한 건 경찰뿐이죠."

검사도 판사도, 결국은 경찰이 수사한 기록을 가지고 판단

한다. 그게 악의적으로 되어 있다면 그들은 그렇게 받아들일 수밖에 없다.

물론 공식적으로는 공정하게 쓰도록 되어 있지만 그걸 악의적으로 느끼게 만드는 방법은 무궁무진하다.

"전이라면 이런 이야기를 하면 말도 안 되는 헛소리라고 했겠지만……."

하지만 이미 수십 명의 피해자들이 고발했고 그들의 범죄를 가려 줄 방송국은 그들을 팽하고 있었다.

속칭, 꼬리 잘라 내기.

어차피 그들은 외주 업체이니까 그들을 버리고 새로운 업체를 내세울 셈인 것이다.

"하지만 경찰이 수사할까요?"

검찰이든 경찰이든 법원이든, 팔이 안으로 굽는 것은 유명하다.

경찰에 신고해 봐야 현 상황에서는 증거 불충분으로 풀려날 가능성이 높다. 엄밀하게 말하면 반장들의 지금 상황은 그들과 관련이 없으니까.

"그러니까 스스로 자수하게 만들어야지요."

"네? 어떻게요? 경찰이 미쳤다고 자수합니까?"

"자수야 안 하겠지요. 하지만 하게 될 겁니다, 후후후."

노형진에게는 그들을 체포할 다른 방법이 있었다.

"하실 말씀 있습니까?"

경찰은 시큰둥한 표정으로 노형진을 바라보았다.

허름한 복장을 한 그는 형사를 보면서 고개를 숙였다.

"저기, 돈 받으러 왔습니다만?"

"돈?"

"뭔 돈?"

돈을 받으러 왔다는 말에 다들 뭔 소리인가 하는 얼굴로 형사를 바라보았다.

"너 또 자장면 외상으로 시켰냐?"

"요즘은 안 그러는데?"

고개를 갸웃하는 형사.

노형진은 그런 그에게 다가서서 손을 올렸다.

움찔하는 그였지만, 노형진이 어깨를 잡은 탓에 벗어날 수가 없었다.

"뭐야, 이 새끼야?"

화를 내려고 하는 찰나. 노형진은 그의 귀에 대고 작게 중얼거렸다.

"여기서 이야기해도 될까요?"

"뭘?"

"지난번에 저희들한테 받은 돈 있지 않습니까?"

"뭔 개소리야?"

그는 부정하고 있었지만 이미 기억은 읽히고 있었고, 당연히 그의 기억은 노형진의 무기가 되었다.

"5천 말이죠."

형사는 상당히 불편한 듯 격하게 헛기침을 하더니 자리에서 일어났다.

"더러워서 준다, 줘."

그리고 바로 옥상으로 올라가더니 노형진을 그대로 패대기쳐 버렸다.

"너 뭐야, 이 새끼야!"

"뭐긴요. 돈이 필요한 사람이지."

"돈?"

"형님들이 이번에 제대로 걸려서 변호사 비용이 좀 부족하거든요. 그래서 당신이 받은 돈을 좀 돌려줘야겠습니다."

"뭔 개소리야!"

화를 내면서 거짓말을 하려고 했지만 노형진은 이미 그의 기억에서 관련된 정보를 모두 얻은 후였다.

"택배로 2천 받고 그 후에 커피숍에서 1천, 다시 생일 선물로 배달된 사과 상자에서 2천. 아닌가요?"

점점 사색이 되어 가는 형사.

그는 사건을 무마해 주는 조건으로 무려 5천만 원이나 받은 사람이었다.

"그, 그런 적 없어, 이 새끼야."

"당신이야 그렇게 말하겠지요. 하지만 우리 형님들은 이야기가 다르던데요?"

"이 개자식들이……!"

형사는 이를 박박 갈았다. 그렇게 돈을 받은 게 사실이기 때문이다.

그리고 그렇게 거금을 준 녀석들은 집단 강간을 저질렀던 그 녀석들뿐이다.

"좋게 합시다. 우리 형님도 지금 사건이 너무 커져서 뇌물 쓰고 변호사 쓰고, 돈이 부족해서 죽을 맛이라고요."

"그래서 나한테 돈을 내놓으라?"

"당신 사건은 이미 끝났으니까. 돈 안 주면 끝까지 같이 가고."

"같이 간다고?"

"무려 수백 명이 강간당한 사건인데 당신이 뇌물 받고 은폐했다는 게 알려지면 뭐라고 할까요?"

"싯팔 색기들."

형사는 이를 빠드득 갈았다.

실제로 그는 뇌물을 받고 강간 사건뿐만 아니라 부모로부터 들어온 사건도 증거를 조작해서 무죄로 만들어 줬다. 심지어 그 부모들이 아가리를 닥치게 하기 위해서 가짜 증거들을 수집해서 무고죄로 처벌받게 만들었다.

"당신도 개새끼지만 우리도 만만치 않은 개새끼라고. 알아?"

노형진은 이를 악물고 낮게 말했다.

"이러고도 뒤가 좋을 줄 알아?"

"내가 알 바 아냐. 지금 여기서 물러나면 어차피 아무것도 안 남아. 나도 다급하다고. 그 수사가 나한테까지 오면 인생이 좆같아지거든."

노형진이 그렇게 말하자 형사는 이를 박박 갈 수밖에 없었다.

실제로 불리한 것은 자신이다.

저들이 경찰서에서 입을 열면 자신의 인생은 시궁창에 처박힌다.

"빌려준다 생각하고 돌려주시죠. 나중에 더 벌게 되면 갚을 테니까."

물론 갚을 생각은 없다. 아니, 갚을 수가 없다는 게 맞는 말이다.

사건이 너무 커지는 바람에 덮을 수 있는 수준이 아니다.

벌써 방송국에서 자기 치부임에도 불구하고 까대고 있는데 그걸 갚을 수 있을 리 없다.

어떻게 처벌을 안 받는다고 해도, 해직은 피할 수 없는 것이다.

"망할 새끼들."

"싫으면 형님들의 입장에서도 별수 없고. 나도 나한테까지 수사가 오는 거 안 반갑거든?"

물러날 곳이 없다는 표정으로 막나가는 노형진의 모습에 결국 형사는 이만 박박 갈면서 뒤로 물러날 수밖에 없었다.

"사흘만 시간을 줘. 그 돈이 갑자기 짠 하고 생기는 줄 알아?"

"우리는 다급하다고."

"그럼 이틀은 줘. 나도 은행에 가서 빼는 시간은 있어야 할 거 아냐!"

노형진은 고개를 끄덕거렸다.

형사는 이를 박박 갈면서 옥상에서 내려가기 시작했다. 하지만 그의 얼굴은 절대 좋다고 볼 수 없었다.

그렇게 이틀이 지나고 난 후, 노형진은 다시 그를 찾아갔다.

그들이 만나기로 한 곳은 사람이 거의 없는 공원이었고, 그곳에 도착했을 때 그늘에 숨어 있던 그가 나와서는 노형진에게 다가왔다. 그리고 5천만 원이 든 가방을 통째로 건넸다.

"여기 있다."

"땡스."

노형진은 그걸 받아서 열어 보고는 히죽 웃었다.

정확하게 5천만 원이 들어 있었다.

"이거면 우리 형님들 변호사 비용은 충분하겠네."

노형진이 웃는 얼굴로 그걸 챙기자 경찰은 얼굴을 와락 찡그렸다.

"네 볼일은 다 끝났고, 이제 우리 볼일만 남았네."

"볼일?"

노형진이 고개를 갸웃하는 순간 그가 숨어 있던 그림자 속에서 다른 사람들이 줄줄이 나오기 시작했다.

노형진은 그걸 보고 주춤주춤 물러나기 시작했다.

"어어?"

"이 새끼야, 설마 그걸 나 혼자 먹을 거라고 생각했냐? 그정도 사건 덮으려면 우리가 다 나서야 한다고. 알아?"

히죽 웃으면서 다가오는 그들.

노형진은 그들의 모습에 기가 막혔다.

"너희들⋯⋯."

"씹새끼, 오늘 뒈졌어."

"법보다 주먹이라는 거 알려 주마."

손을 우두둑거리면서 다가오는 사람들.

그들은 다름 아닌 그 형사의 동료 경찰들이었다.

같은 부서의 사람들. 그들은 하나같이 장갑을 끼고 한 손에 몽둥이를 들고 있었다.

"무, 무슨 짓이야!"

"무슨 짓은. 설마 경찰을 협박하고 멀쩡하게 가려고? 미쳤네, 미쳤어."

"하하하."

슬슬 노형진에게 다가오는 경찰들.

그들의 눈에는 분노가 이글거렸다. 그럴 수밖에 없는 게, 받은 돈을 토해 내려고 하니까 속에서 열불이 났던 것이다.

"돈은 돌려주기는 하는데, 너 몇 대 못 때리면 열 받아서 못 잘 것 같단 말이지."

살벌한 분위기를 만들면서 다가오는 그들.

노형진은 당황한 듯 뒤로 주춤주춤 물러났다.

"이건 어차피 뇌물이고 불법이라고!"

"알아, 이 새끼야. 그리고 그런 불법을 저지른 우리가 설마 다른 불법은 안 저지를 거라 생각한 거야?"

"저거 병신이네, 후후후."

"말은 정정해야지. 아직은 병신이 아니지만 이제 병신이 될 거야."

바닥에 있는 쇠 파이프를 주우면서 히죽거리는 그들.

노형진은 당황한 듯 물러나면서 소리를 질렀다.

"경찰을 부를 거야!"

"지랄한다. 우리가 경찰이야, 이 새끼야."

"네가 신고하면 어쩔 건데? 어차피 우리 쪽 애들이 수사하거든! 다 덮어 줄 거라고."

이죽거리면서 점점 다가오는 그들.

"그러면 검찰에 신고할 거야!"

"해 봐, 이 새끼야. 현장에도 안 나오는 그 병신 새끼들이 뭘 안다고, 후후후."

"지난번에도 이런 식으로 조작한 거냐?"

"그래. 그 녀석들은 대충 범인 만들어서 던져 주면 귀찮으니까 알아서 도장 찍어서 사건 종결 처리해 버리거든."

"그렇군. 그나저나 이거, 생각 외의 보너스인데?"

지금까지 잔뜩 겁을 먹고 도망갈 궁리를 하던 모습에서 갑자기 돌변하는 노형진을 보고 어리둥절한 경찰들.

그들은 노형진이 갑자기 히죽거리자 왠지 불안감이 몰려오기 시작했다.

"이 새끼가 미쳤나?"

"미친 건 너희들이지. 그나저나 검사보고 병신이라······. 과연 검사는 그렇게 말하는 너희를 어떻게 생각할까?"

"뭐라고? 이 개자식이 뭐라고 하는······."

그들은 화를 내려다가 도리어 주춤주춤 물러났다. 공장의 양쪽 담에서 수십 명의 사람들이 나타났기 때문이다.

그리고 그중에는 분노한 얼굴로 자신들을 바라보는 검사도 있었다.

"원래는 뇌물만 확보하고 그걸 가지고 사건을 재수사시키려고 했는데 말이지. 참 화려하게 자폭한다."

노형진은 그렇게 말하면서 검사에게 가방을 건넸다.

그제야 함정에 빠진 것을 알아차린 경찰들은 얼굴이 사색이 되기 시작했다.

"이, 이게····· 어떻게 된·····."

"어떻게 된 거긴. 너희가 속은 거지. 너희, 바보냐? 후배라는 녀석이 나타나서 갑자기 돈을 달라고 한다고 그걸 줘?"

"……."

물론 노형진이 사건의 자세한 내역을 알고 있으니 속았던 것이다.

전화도 해 보기는 했지만 애초에 연락이 될 상황이 아니었고, 그렇다고 기자들이 거기에 몰려 있는데 자신들이 찾아갈 수는 없는 노릇.

"ㅇㅇㅇ……."

"병신이라서 미안하군."

검사는 이를 박박 갈면서 다가왔고 경찰들은 어쩔 줄 몰라서 도망갈 길을 찾기 시작했다.

하지만 그들의 눈에 들어온 것은 사방에 가득한 다른 경찰서의 형사들과 검찰 쪽 사람들, 그리고 노형진이 데리고 온 경호 팀뿐이었다.

"도망가려고? 갈 수 있으면 가 봐. 그런데 차도 없이 어디로 가려고?"

그들은 노형진에게 집단 린치를 가하기 위해서 으슥하고 도망칠 수 없는 곳으로 약속 장소를 잡았다. 그런데 그게 도리어 함정이 되어 그들이 도망갈 곳이 없어져 버렸다.

"여, 영장! 그래, 영장 내놔! 영장!"

그들은 쥐어짜는 목소리로 외쳤다.

영장이 없으면 도망갈 생각이었던 것이다.

그러나 그들의 희망과는 다르게 그들의 눈앞에 영장이 흔들리고 있었다.

"어, 어떻게?"

"내가 바보냐? 당연히 지난번에 녹음 내역을 들고 검사를 찾아갔지."

"지난번?"

그제야 자신을 찾아왔던 그날이 기억나는 경찰.

"그래. 안 그래도 의심스러운 상황에서 증거까지 들이밀어 주니까 금방 나오던데?"

"……."

영장은 나왔고 도망갈 길은 없다.

사실 영장이 필요하지도 않았다. 검사 앞에서 자백했으니 현행범이기 때문이다.

"포기하지. 어차피 게임은 끝났어."

그들은 털썩 주저앉았다.

⚖️

"우리는 아니야! 우리는 잘못 없어!"

"그 여자들이 우리를 꼬신 거야! 성공하고 싶어서 몸이라도 파는 창녀들이라고!"

발악을 하면서 끌려가는 강간범들.

그런데 그 숫자가 적지 않았다. 애초에 목표로 잡았던 다섯 명 말고도 무려 이십여 명이 발악하면서 끌려가고 있었다.

"놔! 내가 누군지 알아! 내가 입만 열면 여럿 다쳐! 알아!"

그들이 뭐라고 하려고 하는 순간

"시끄러워, 이 새끼야!"

번개같이 날아온 주먹. 그 주먹에 맞은 그는 휘청거렸지만 경찰은 사정도 보지 않고 그들을 끌고 경찰서 내부로 들어갔다.

기자들은 그 장면을 보면서도 모른 척하고 있었다.

"왜 저래?"

"입을 나불거릴까 봐 저러는 거야."

"입을 나불거린다니?"

"저 녀석 말이 맞거든."

저들은 위쪽으로 엄청나게 로비했다. 그 덕분에 그렇게 수십 명을 강간했어도 제대로 고발조차 되지 않았던 것이다.

"하지만 이미 막을 수 있는 수준은 넘어갔고 저들의 인생은 끝장났어. 그러면 저들은 어떻게 하겠어?"

"보복하려고 하겠군."

"그렇겠지."

입을 나불거리면서 자신을 보호해 주지 않으려고 하는 사람들을 신고하려고 할 것이다.

"경찰은 그걸 막으려고 하는 거고?"

"응."

그렇지 않다면 기자들로 가득한 이 상황에서 다짜고짜 그의 얼굴에 주먹을 날릴 이유가 없다.

"하지만 문제가 되지 않을까?"

"문제?"

노형진은 피식 웃었다.

"지금 기자들 중에서 그에 대해서 항의한 사람이 있어?"

"아!"

없다. 단 한 명도 말이다.

심지어 진보라고 하면서 기존 권력에 저항하는 이미지를 가진 신문사조차 항의하지 않았다.

"이미 서로 이야기가 끝난 상황이야. 기자들 역시 기득권 세력이야. 그들에게 있어서 자신들의 치부를 들쑤시려고 하는 인간은 도움이 안 되지."

"그래서……."

"누구도 그에 대해서 이야기하지 않을 거야."

그들이 저지른 모든 죄는 저들이 뒤집어쓸 것이고, 누구도 그것에 대해서 이야기하지 않을 것이다. 그들이야 억울하다고 항변하겠지만 말이다.

"감사합니다. 감사합니다."

두 자매의 부모는 눈물을 흘리면서 감사의 인사를 건넸다.

노형진 덕분에 두 딸의 원통함을 풀었을 뿐만 아니라 1천만 원짜리 벌금형도 취소되었다.

"다시는 이런 일이 벌어지지 않을 겁니다."

노형진은 그렇게 말하면서 그들의 손을 잡았다.

"그럼 이번 사건은 이제 끝난 건가?"

손채림은 푸근한 미소를 지으면서 그 장면을 바라보다가 물었다.

사건을 조작했던 경찰들은 모두 조사 중이고 사건은 처음부터 다시 시작되었다. 강간범들은 모조리 감옥에 갔다. 그러니 복수는 제대로 된 것이리라.

"아닐걸."

"응?"

"우리한테는 끝이지만 누군가에게는 이제 시작일 거야."

"뭐가? 사건이?"

"아니, 복수가."

노형진은 씩 웃었다.

⚖

같은 시각, 범인 중 한 명은 샤워장에서 샤워하고 바깥으로 나오려 하고 있었다.

"어이, 형씨."

"누구야?"

그는 짜증스러운 얼굴로 고개를 돌렸다가 험악한 얼굴의 남자가 서 있는 것을 보고 움찔했다.

"뭐, 뭡니까?"

그냥 부른 거라면 좋겠지만 그와 함께 서 있는 다른 사람들은 그가 그냥 부른 게 아니라는 것을 몸으로 보여 주고 있었다.

"위에서 안부를 전하라고 하더군."

"안부? 무슨 안부? 헉!"

그러나 그 말이 채 끝나기도 전에 다른 사람들이 그에게 다가갔다. 그리고 그를 강제로 잡아서 쓰러트렸다.

무슨 일이 벌어질지 예상한 그는 처절하게 비명을 질렀다.

"간수! 간수, 도와줘!"

그러나 그의 뒤에 선 남자는 히죽 웃었다.

"설마 간수가 올 거라 생각한 거야?"

그제야 자신이 어떤 처지인지 알아차린 그는 엉덩이 쪽으로 밀고 들어오는 기다란 뭔가의 이물감에 처절하게 비명을 지르기 시작했다.

"끄아아아악!"

악법이란 존재한다

변호사들에게 의뢰하는 사람은 많다.

대부분 피해자가 자기 구제를 위해서 하거나 가해자가 자기 보호를 위해서 한다.

그런데 노형진 앞에 있는 사람은 어떤 경우에도 맞지 않았다.

솔직히 노형진이 회귀하기 전까지의 삶을 통틀어서 생각해도 처음 벌어지는 상황이었다.

"그러니까 가해자를 보호하기 위해서 변호사를 사고 싶다고요?"

"네."

"하지만 고객님은…… 음…… 피해자이지 않습니까?"

"그렇지요, 엄밀하게 말하면."

눈앞에 있는 남자, 유병수는 40대 중반으로 보이는 남자였다.

그는 자비를 들여서 가해자를 보호하기 위해서 변호사를 사고 싶다고 말하고 있는 것이다.

"피해자이기는 하지만 경우가 없는 놈은 아닙니다."

"흠……."

노형진은 약간은 당황스러웠다.

왜 자신에게 이런 배정을 하는지 알 것 같았다.

이건 형사 건이다. 그런데 피해자가 가해자를 보호하려고 하다니, 참으로 이해가 안 가는 사건인 것이다.

"사건에 대해서 설명을 좀 해 주시겠습니까?"

"그러니까 그 애들이……."

"애들?"

"네, 그 애들이죠. 나이가 스물한 살이니까……."

"법적으로는 성인이기는 합니다만."

"아, 법적인 건 모릅니다. 하지만 사회적으로 봤을 때 애들이죠."

'사회적으로도 애는 아닌데.'

노형진은 일단은 그냥 고개를 끄덕거렸다.

그러자 유병수는 사건을 계속 이야기하기 시작했다.

"그 애들은 둘 다 고아입니다. 그리고 어쩌다 보니 여기까지 흘러들어 온 애들이죠."

"그런데요?"

"그런데 남자애가 이번에 저희 집에서 분유를 훔치다가 걸렸습니다."

"분유?"

"네."

노형진은 설마 하는 생각이 들었다.

"애가 있습니까?"

"첫째가 두 살이 됩니다. 여자애는 임신 중이고요."

"헐."

"아무래도 같이 고아원을 나와서 부대끼고 살다 보니 남녀 사이에 애가 안 생기면 이상한 거죠."

"그거야 그렇습니다만…… 솔직히 그게 이번 일과 무슨 상관이 있는지 모르겠습니다."

"그게 말이죠…… 눈물 없이는 들을 수 없는 상황입니다."

"말씀해 보시죠."

"도둑질을 하다가 걸렸는데, 하필이면 마누라한테 걸렸지 뭡니까?"

자신이 알았다면 고소를 막았을 텐데 마누라는 걸리자마자 바로 경찰을 불렀고 경찰은 남자아이를 잡아갔다.

거기까지야 문제가 안 된다. 그건 법적인 과정이고, 피해자의 당연한 권리이니까.

"그런데 말이죠, 검사가 애한테 무려 징역 6년을 구형했습니다."

"6년요? 잠깐, 6년이라고 하셨어요?"

"네."

"아니, 말이 됩니까? 초범에, 비싼 것도 아니고 고작 분유인데, 더군다나 피해자 측이 용서해 주겠다고 했는데 6년이라니요? 잠깐…… 설마…….."

일반적으로 이런 상황에서는 6년이 안 나온다.

더군다나 이건 생계형, 그것도 아주 절박한 상황이다. 그러면 보통은 어지간하면 봐준다. 그런데 6년이 나온 건…….

"설마…… 초범이 아닌 겁니까?"

"특정범죄가중처벌법인지 뭔지가 문제가 되더군요."

"이런…….."

노형진은 안타까운 얼굴이 되었다.

특정범죄가중처벌법이란 범인이 어떠한 범죄를 반복적으로 저지르는 경우 이를 응징하기 위해서 가중처벌하는 것을 말한다.

문제는 이 법에 법적인 한계가 있다는 것이다. 그리고 거기에 딱 걸려 버린 것이다.

"골치 아픈 상황이군요."

"네, 골치 아픈 상황이죠. 지금 마누라는 미안해서 밥도 못 먹고 있어요. 거기에다가 그 여자애는 임신중독에 우울증까지 와서…….."

"헐…….."

이것이법이다

임신중독은 진짜 중독을 말하는 게 아니라 임신으로 인한 고혈압성 질환을 말한다. 그런데 거기에 우울증까지 왔다면 상황이 그다지 좋지 않다는 뜻이다.

"일단은 마누라가 매일같이 가서 살피고는 있는데……."

"좋을 리 없죠."

나중에 알았다고 하지만 자기 남편을 감옥에 넣은 사람이다.

그렇다고 뭐라고 할 수가 없는 게, 남편이 도둑질을 한 것도 사실이니까 말도 못 한다.

그러다 보니 산후 우울증과 임신성 고혈압까지 오면서 몸이 많이 망가지고 있는 상황.

"마누라도 상황을 모르고 한 거지만 한 집안이 박살 나게 생겼으니 미안해하고. 이게 말이 피해자지, 졸지에 도의적으로는 가해자 꼴 나 버렸다니까요."

"하아……."

"그래서 어떻게든 막아 보려고 하는 겁니다. 우리가 도둑을 잡는 거야 중요하다고 하지만, 그렇다고 생사람을 죽게 놔둘 수는 없지 않습니까?"

"대충 상황을 알겠습니다."

법적으로는 이들은 아무런 잘못도 없다. 자신들은 절도 피해를 입었고 그걸 신고한 것뿐이다.

하지만 양심을 가진 사람이다 보니 그로 인해서 한 집안이 박살이 나는 걸 보고 미안한 것이다.

더군다나 그 절도가 큰 것도 아니고 고작 몇만 원짜리 분유 하나다. 유흥 같은 것도 아니고, 아이를 먹이기 위해서 그런 것뿐이다.

"그런데 검찰 측에서는 자신들이 알아서 한다고 저 난리입니다. 진짜 6년 형 나오면 여자애는 어떻게 합니까? 그리고 그 애들은요?"

"하아!"

얼마 전에도 일가족이 자살했다는 뉴스가 나왔다. 경기가 급격하게 안 좋아지면서 숱하게 나오는 소식이다.

그러다 보니 그녀가 엉뚱한 선택을 할까 유병수는 걱정이 많이 되는 모양이었다.

"그래서 의뢰하려고 하는 겁니다. 설마 피해자라서 의뢰를 못 하거나 하는 건 아니죠?"

"그건 아닙니다만, 변호사 비용은 내셔야 합니다."

"저 가게만 세 개입니다. 그 정도는 낼 수 있는 놈입니다."

그렇다면 문제 될 것은 없다.

"알겠습니다. 그러면 사건을 진행하지요."

노형진에게는 흔치 않은 형사사건이 들어왔다.

"흠, 이거 완전히 곤란한 상황인데?"

"그렇지요?"

노형진은 사건 기록을 보면서 말했다.

"특정범죄가중처벌법이라…… . 확실히 내부에 있을 때는 몰랐는데 외부로 나오니 문제가 많은 법이군요."

특정범죄가중처벌법 자체가 문제가 되는 것은 아니다. 문제가 되는 것은 그 내부에 있는 상습절도죄에 관한 부분이다.

"이거 완전히 장발장인데?"

"장발장? 아, 딱 맞는 표현이군."

장발장은 《레미제라블》이라는 작품의 주인공으로, 빵 하나를 훔쳤다고 수년간 감옥에 갇혔던 사람이다.

"그래서 '장발장법'이라고도 하기는 하지요."

상습절도죄가 문제가 되는 부분은 생계형을 구분하지 않는다는 것이다.

가령 어떤 사람이 진짜 먹고살 수가 없어서 빵이나 라면 등을 여러 번 훔치면 그 사람은 상습절도범이 된다. 그럴수록 그 처벌 기간은 엄청나게 길어지며, 그로 인해서 손해액에 비해서 터무니없이 처벌이 강해지는 것이다.

"유흥이나 돈을 위해서 하는 것과는 전혀 다른데 말이지."

"그러니까 악마의 법이라 불리죠."

물론 그게 공평하면 문제가 안 된다. 공평하게 처벌받고 반성할 기회를 준다면 누구도 악마의 법이라 부르지는 않을 것이다.

이 법의 문제는, 전형적인 유전무죄 무전유죄의 법이라는 것이다.

가령 회사 대표가 10억을 횡령했다고 치면 그 사람은 초범인 경우 집행유예가 나올 가능성이 무척이나 높아진다.

그에 반해서 이 법의 대상자가 2만 원씩 5회 절도를 해서 10만 원의 피해를 입혔다면 특가법상의 상습절도가 적용되어 터무니없는 실형이 나온다.

심지어 절도범이 상습절도라고 해도 그가 부자인 경우 형법상의 가중 규정을 적용하는데, 가난한 경우 특가법이 적용이 된다.

이게 문제가 뭐냐면, 형법상 가중 규정은 기존 처벌의 2분의 1만큼만 가중된다. 만일 형량이 1년짜리면 1년 6개월이 되는 것이다.

문제는 특정범죄가중처벌법상 상습절도는 3년 이상 무기이하의 징역을 하도록 되어 있다는 것이다.

그렇다 보니 부자들은 똑같이 절도해도 형법의 적용을 받아서 집행유예가 나오고, 가난한 사람들은 특가법상 상습절도를 받아서 몇 년씩 감옥에 가는 것이다.

'그래서 나중에 위헌이 되기도 하지만.'

어찌 되었건 현재로써는 상당히 불합리한 상황.

"검찰에서는 뭐라는데?"

"그쪽에서는 절대 놔줄 생각이 없답니다."

"우리가 봐 달라고 하는 것도 아니고……."

상황을 봐서는 집행유예로 풀어 줘도 되는 상황이다. 그런데 절대로 봐줄 생각이 없다니.

"일단은 노 변호사가 그 사람 만나 보고."

"네."

"다른 쪽은 누가 담당하지?"

김성식이 슬며시 손을 들었다.

"이번에는 제가 하지요."

"김 변호사님이요?"

"아무래도 검사가 끼어 있으니까 제가 나서는 게 좋지 않겠습니까? 아직 제 라인이 없는 게 아니니까요."

"일단은…… 알겠습니다. 그렇게 하지요."

무태식은 고개를 끄덕거렸다.

"우리도 다른 쪽으로 도와줄 수 있는 방법을 찾아보지."

"네."

"바로 움직이세, 형사사건은 시간이 생명이니까."

송정한의 말에 다들 서둘러서 움직이기 시작했다.

⚖️

"그냥 돈을 모아서 도와주면 안 되나?"

구속되어 있는 서진수를 기다리면서 손채림은 안타까움을

금치 못했다. 자신이 가난하게 살아 보니 그런 그의 마음이 이해가 갔던 것이다.

"그건 장기적으로 좋은 생각은 아니야."

"그런가?"

"그래. 당장 돈을 주면 그 사람은 자립할 수 없어. 도리어 그 돈을 노리고 달라붙는 파리도 있을걸."

"하긴…… 영자 사건도 있으니까."

"네가 그 사건을 알아?"

"나도 법 공부했거든요! 사법 고시 통과는 못 했지만."

"다시 해 볼 생각 없어?"

노형진은 안타까운 마음이 들었다.

그녀가 음악적 재능이 뛰어나다고는 하지만 그걸 할 수 있는 상황이 아니었다. 자신이 도와주겠다는 말도 해 봤지만 그녀는 일언지하에 거절했다.

"음악으로 먹고살 수는 없으니까 취미로 하련다."

"음악 말고 사법시험 말이야."

"음?"

"너라면 통과될 것 같은데?"

"모르겠어. 솔직히 난 법이 재미없다고 생각했거든."

"그래?"

"그래."

하긴, 오로지 시험을 위한 준비만을 시켰던 손채림의 아버지 손하균이다. 그리고 그것만큼 재미없는 것도 없다.

"하지만 네가 사건을 해결하는 걸 보면 재미있단 말이지."

"한번 해 보지? 넌 나보다 머리가 더 좋잖아?"

"이게 머리 좋은 걸로 되나? 재능이지."

"이런 말 하면 그렇지만 내가 괴물인 거지, 보통은 그냥 머리 좋은 걸로 하거든."

"그런가?"

"그래."

"흠……."

손채림은 고민하는 얼굴이 되었다.

하긴, 지금이야 새론에서 팀원으로 일하고 있기는 하지만 자신의 꿈이 그냥 여기서 멈추는 것은 바라지 않는 게 사실.

"나중에 생각하지, 뭐."

"그래야겠다."

때마침 문이 열리면서 들어오는 서진수.

그는 고개를 푹 숙이면서 맞은편에 앉았다.

"반갑습니다. 노형진입니다. 이쪽은 제 조수인 손채림이고요."

"반갑니다. 서진수라고 합니다."

그는 미안함에 고개를 들지 못하고 있었다.

"제가 도둑질까지 했는데 변호사님을 선임해 주실 거라고는 생각도 못 했습니다."

"그분은 서진수 씨를 딱하게 생각하고 계십니다."

"흑흑."

후회 때문인지 두려움 때문인지 그는 울음을 멈추지 못했고, 노형진은 그런 그를 그냥 두고 바라보기만 했다.

한참 지나서 그가 진정하고 나서야 노형진은 이야기하기 시작했다.

"그런데 제 아내는 어떻습니까?"

"그게…… 좋은 상황은 아닙니다. 식사도 잘 안 하려고 해서 유병수 씨가 강제로 병원에 입원시켰습니다."

"네?"

"어쩔 수 없었습니다. 이대로는 배 속의 아이에게 좋지 못하니까요."

"아……."

다시 울먹거리는 서진수.

노형진은 그를 진정시키면서 이야기를 꺼냈다.

"우는 건 나중에 하시면 좋겠네요. 잔인할지 모르지만, 일단은 상황이 급하니까요. 기록을 보니까 특가법상 상습절도로 처벌받으셨던데, 도대체 이전에 무슨 짓을 저지른 겁니까?"

"우리 둘은 고아원 출신입니다."

그들은 고아원에서 살았다. 그런데 대한민국에서 18세가 되면 고아원에서 나와야 한다.

그때 그들에게 쥐어 주는 돈은 고작 300만 원 정도.

그 돈으로는 방을 구하는 것도 불가능에 가깝다.

"그래서 우리 둘이서 함께 방을 구하기로 했죠. 돈을 아끼려고요."

"그렇군요."

흔하게 벌어지는 일이다.

그렇게 해서 같이 살게 되고 고아원, 아니 보육원의 통제에서 벗어나다 보니 자연스럽게 친구에서 연인으로, 그리고 부부로 발전했을 것이다.

"그런데…… 담보가 있는 집인 줄 몰랐어요."

"아……."

사회 초년생이 많이 하는 실수. 그중 하나가 바로 담보로 잡혀 있는 집에 들어가는 것이다.

그 경우 우선변제권을 담보로 잡은 사람이 가지고 가기 때문에 나중에 들어간 세입자는 보증금을 그대로 빼앗긴다.

"가지고 나온 돈은 600만밖에 없었어요. 그걸로는 방을 구하는 게 불가능했죠."

그래서 구하고 구해서 보증금 1천에 월세 30만 원짜리 집을 구했다.

그리고 일은 거기서부터 틀어지기 시작했다.

"누구도 안 써 주더라고요."

경기는 불황. 거기에다 고아 출신에 애까지 딸려 있는 그두 사람에 대해서 사람들은 색안경을 끼고 보았고, 당연히 취업도 하지 못했다.

결국 빚으로 살게 되고, 어떻게 해서든 살아 보려고 발악하는 찰나에 집마저도 빼앗기게 되었다.

"그럼 그 상습절도는 그때 벌어진 일이군요."

"아이랑…… 아내를 살려야 했습니다."

눈물범벅이 되어서 말하는 서진수.

그렇다고 해서 그가 큰 것을 훔친 것도 아니었다.

라면, 기저귀, 분유 등등.

그러다가 기록에 남기도 했지만 대부분은 선처받았다. 가끔 그렇지 않은 주인을 만나도, 경찰이 불쌍하다고 돈을 내주기도 했다.

"그러다가…… 간신히 방을 구했어요."

그게 지금 있는 방이다.

악착같이 벌어서 방을 구했을 때, 다시는 도둑질을 하지 않겠노라 맹세까지 했다. 그러나 신은 그들의 편이 아니었다.

"아내가 쓰러졌습니다."

무지막지하게 들어가는 병원비. 그리고 육아비는 서진수가 숨을 쉬지 못하게 만들었다.

그 와중에 간신히 잡은 직장마저 경기가 안 좋아서 망해 버리고 그는 백수가 되었다.

병원비는 늘어나고 집을 구하기 위해서 빌린 돈의 이자는 계속 나가고 아이는 배가 고프다고 우는 상황에서 그가 선택

이것이 법이다

할 수 있는 것은 별로 없었다.

"하아!"

전형적인, 그러나 현실적인 고아들의 삶의 과정.

'이 망할 놈의 나라.'

노형진은 짜증이 났다.

물론 성인이 되면 자신의 삶에 책임을 져야 한다. 그게 정상이다.

그러나 고아들은 그 준비마저도 불가능하다.

일반적으로 아이들이 대학 졸업할 때까지 케어를 받는 걸 생각하면 터무니없이 짧은 기간과 지원금인 셈이다.

"제가 멍청했습니다……."

눈물을 뚝뚝 흘리는 서진수.

노형진은 그를 보면서 다독거렸다.

"일단은 다른 사람들이 당신을 도와주려고 하니까 너무 부담 가지지 마세요."

"하지만…… 검사가 어떻게 해서든 처넣는다고…… 흑흑흑."

"검사가?"

노형진은 고개를 갸웃할 수밖에 없었다.

⚖️

"이성갑 검사 말이야?"

"네, 형. 혹시 알아요?"

노형진은 그 말을 한 검사를 확인해 봤다. 그리고 그에 대해서 수소문하기 시작했다.

현재는 모든 변호사, 검사, 판사가 모두 사법연수원을 통해서 배출되기 때문에 그들에 대해서 알아볼 수 있었다.

"아, 그 똘아이 새끼."

"똘아이?"

노형진은 자신의 동기 중 한 명을 만났다.

동기이기는 하지만 당연히 그가 나이가 훨씬 많기 때문에 형이라 불렀는데, 다행히 그가 이성갑과 같은 검찰청에서 일하고 있었다.

"그래. 그 새끼 완전 똘아이야, 똘아이."

"왜요? 어떤 면에서?"

"씨발, 그 새끼는 일단 걸리면 최고형부터 걸어 버려."

"헐."

그런 검사들이 있기는 하다.

과도한 정의감이라고 해야 하나? 물론 정의롭지 못한 자보다는 나은 편이지만 말이다.

그러나 애석하게도 이번 타입은 그런 것도 아니었다.

"너 정의감 때문에 그런다고 생각하는 거지?"

"솔직히 보통은 그렇지요."

"보통은 그렇지. 그런데 이 새끼는 그런 게 아니야."

"네?"

그런 녀석이 아니라는 말에 노형진은 갸웃했다.

그거 말고 이런 사건을 굳이 최고형을 내리는 이유를 알수가 없었던 것이다.

"그 새끼는 그 뭐랄까, 남보다 자신이 우월하다고 해야 하나? 그런 생각이 박혀 있어."

"헐, 그래요?"

"그래. 그래서 쓰레기는 쓰레기통에 넣어야 한다고 생각하지. 문제는 그 쓰레기의 기준이 돈인 거고."

대충 어떤 사람인지 알 것 같았다.

《레미제라블》의 자베르 경감 같은 타입은 정의를 위해서 과도하게 법을 집행한다. 그렇기에 자신이 잘못한 걸 뉘우치기도 한다.

하지만 이런 타입은 그게 아니다.

"버러지 같은 녀석들이 세상을 오염시킨다 이거군요."

"딱 그거네."

자신이 절대적으로 우월하다고 생각하며 범죄자는 무조건 버러지라고 생각하는 타입.

이런 타입은 선처나 제반 사항의 감안 없이 무조건 최고형을 때린다.

"그 사람이 버러지 취급하는 건 범죄자만은 아닐 것 같네요."

그런 사람들의 특징을 알고 있는 노형진이 걱정스럽게 말하자 상대방은 고개를 끄덕거렸다.

"그 녀석은 말이 안 통해. 똑같은 검사라고 해도 태생이 다르다고 생각한다니까."

"태생이 다르다라."

같은 검사끼리도 그렇게 대접할 정도면 아주 막나가는 녀석이라는 뜻이다. 그리고 그만큼 뒷배경이 강하다는 소리이기도 하다.

"아버지가 누군데요?"

"이근성."

"이근성? 잠깐, 그 이근성요?"

과거에 공안 검사로 유명했으며 현재는 국회의원을 하고 있는 사람이다.

그는 공안, 즉 공공의 안전이라는 이유로 수많은 사람들을 고문해서 실적을 만들었고, 이를 기반으로 지금의 자리에 올라왔다.

"그래. 그러니 그럴 만하지."

이근성은 현재 정권을 잡은 정당의 기준으로 보면 상당히 진성 당원이다. 과거의 계급제인 골품제로 보면 성골이라고 해야 하나?

"그러니 우리가 눈에 들어오겠어?"

"골 때리는군요."

노형진은 이 사태를 어떻게 해결해야 하나 머리가 지끈거렸다.

이것이 법이다

"말이 안 통해."

김성식은 질려 버렸다는 듯한 표정으로 말했다. 그리고 노형진은 기가 막혔다.

김성식이 누군가? 그는 중수부장 출신의 검사다. 그런데 그의 말이 안 통한다니.

"아예 대화의 의지 자체가 없어."

"무슨 말씀이십니까?"

"압력 넣는 거냐고 아주 길길이 날뛰고 있어. 저쪽에서 그렇게 나오면 이쪽에서도 뭐라고 할 수가 없지."

"으음……."

엄밀하게 말하면 인맥을 통해서 압력이나 청탁을 넣는 것이 불법이기는 하다. 그러니 저쪽에서 저렇게 나오면 이쪽은 진짜 할 말이 없기는 하다.

"어디서 저런 꼴통이 나온 거야?"

"모르셨습니까?"

"나라고 모든 검사를 다 아는 건 아니까."

"직속상관은요?"

"자기도 포기했다고 하더군."

노형진은 얼굴을 찌푸렸다.

그럴 수밖에 없는 게, 검찰이라는 조직은 무척이나 폐쇄적이고 상명하복이 강하다. 그래서 어지간한 검사는 직속상관의 말에 절대복종한다.

"그렇게 말을 안 들어요?"

"대단한 백이 있으니까. 그쪽도 그거 때문에 짜증은 나지만 신경 안 쓰는 분위기더군."

"하긴……."

이성갑의 아버지인 이근성은 당 대표나 다른 대표적인 걸할 수 있는 사람은 아니지만 진성 당원으로서 공천은 100% 받을 수 있는 사람이다.

더군다나 그의 지역구는 그의 안마당이라고 할 정도로 공고해서, 벌써 네 번째 국회의원을 하고 있다. 그것도 언제나 30% 이상의 큰 차이로 승리했다.

"더군다나 아버지가 법사위 소속 아닌가?"

"법사위입니까?"

"청탁이고 뭐고, 이건 말이 안 통해."

김성식은 포기했다는 듯 어깨를 으쓱했고, 노형진은 점점 암울해지는 상황에 뭐라고 말을 할 수가 없었다.

"한번 선처해 주십시오."

청탁도, 압력도 안 되면 남은 것은 읍소뿐이다. 결국 노형진은 자존심은 모두 버리고 읍소하러 갔다.

하지만 이성갑의 행동은 노형진의 상식 반경 너머였다.

"말도 안 되는 소리! 그런 도둑놈들에게 선처는 사치다!"

노형진에게 화를 내는 이성갑.

노형진은 자신에게 반말하는 그가 짜증이 났지만 일단은 넘어가기로 했다. 중요한 건 그게 아니니까.

"하지만 그는 자신의 가족을 먹이기 위해서 한 겁니다."

"세상에 안 그런 놈이 어디 있어? 세상의 그 누구도 가족을 위해서 도둑질하는 거 아냐? 수백억씩 횡령하는 놈도 다 가족을 위해서야!"

'그런 궤변이 어디 있냐?'

수백억씩 횡령하는 녀석은 가족을 위해서 하는 게 아니라 자신을 위해서 하는 것이다.

설사 가족을 위해서 한다고 할지라도 수백억을 횡령했다는 부분에서 일반적인 상식을 넘어간다.

분유는 생존을 위한 것이고, 수백억은 사치를 위한 거다.

"제가 그냥 놔 달라는 거 아닙니다. 그냥, 특가법 말고 형법을 적용해 달라는 겁니다."

어떤 법을 적용할지는 검사의 재량이다.

그리고 사건의 특성상 특가법상의 상습절도가 아니라 형법상의 절도를 적용하면 서진수는 100% 집유가 나온다.

피해자가 구제를 위해서 변호사를 선임할 정도로 적극적

으로 용서의 의사를 밝혔을 뿐만 아니라 피해라고 할 만한 것도 전혀 없기 때문이다.

분유를 훔치기는 했지만 그마저도 가지고 가지도 못하고 잡혔으니까.

"웃기지 마."

하지만 이성갑은 절대 그럴 생각이 없었다.

"제발 부탁드립니다."

노형진은 그래도 이 역시 정의를 사랑하는 그의 방식이라고 납득하려고 노력하면서 부탁했다.

"서진수 씨가 풀려나지 못하면 아내와 아이들이 죽을 수도 있습니다. 아내는 임신성 고혈압으로 일할 상황이 아니고, 첫째는 먹을 것도 먹이기 힘든 상황입니다. 한 번만 선처해 주시면 다시는 안 그럴 테니까…….”

하지만 그의 그런 마음은 다음 말에 와장창 무너져 내렸다.

"웃기고 자빠졌네. 그런 버러지 같은 도둑놈의 종자는 이 세상에서 사라지는 게 나아. 그 새끼들이 뒈지면 세상이 깨끗해지는 거야. 알아?"

"뭐라고요?"

"어차피 도둑놈의 씨앗을 받은 새끼들 아냐. 그런 놈들이 자라서 뭐 하겠어? 결국 또 도둑질이나 하겠지. 그러니까 그냥 뒈지라고 해. 그런 녀석들이 없을수록 세상은 더 밝아지는 거야.”

"당신 정말…….”

이건 생각도 못 한 말이었다.

물론 법은 준엄해야 한다거나 공평해야 하는 식의 반론이면 할 말이 없었다. 그런데 이제 고작 두 살 된 아이와 엄마 배 속에서 자라나는 아이를 아버지가 도둑놈이니까 죽게 놔둬야 한다는 그의 말은, 그가 인간이라면 해서는 안 되는 말이었다.

"서진수 씨가 학살을 했습니까? 아니면 연쇄살인을 했습니까? 애들 먹이려고 분유 하나 훔친 것뿐입니다."

"그래도 도둑놈은 도둑놈이야. 그런 새끼들은 세상의 분위기만 흐리는 놈들이야. 그 씨가 어디 갈 줄 알아?"

'이거 완전 미친놈이잖아?'

이성갑이 미친놈이라고 했던 형의 말에 절대 농담이 아님을 노형진은 이제야 깨달을 수 있었다.

"그러는 당신은 얼마나 잘났기에 그런 말을 하는 겁니까?"

노형진이 발끈하고 화내자 피식 웃는 이성갑.

"나? 나야 태생부터 다른 사람이지. 설마 내가 그런 멍청한 녀석들과 같다고 생각하는 거야?"

'이 녀석 진짜……'

노형진은 그에 대해서 완벽하게 이해했다.

그는 신념이나 정의 때문에 최고형을 내리는 게 아니다. 그는 자신은 높은 신분을 가진 귀족이며 그 아래에 있는 인간들은 노예나 마찬가지라는 과거의 신분제를 자신에게 적용하고 있었던 것이다.

'이건 말이 안 통한다더니⋯⋯.'

이런 식으로 신분제에 대한 철저한 신념을 가지고 주장하는 녀석에게 말이 통할 리 없다.

극단적으로 말하면 그들에게 다른 인간은 개미보다 조금 더 나은 수준의 벌레일 뿐이고, 벌레가 아무리 불쌍하다고 말해 봐야 인간의 입장에서는 쉽게 공감할 수 없는 것이다.

"그러니까 꺼져."

노형진을 내쫓는 이성갑.

노형진이 너무 화가 나서 뭐라고 하려는 찰나 누군가 그의 어깨를 잡았다.

"나가시죠."

언제 들어온 건지 검찰 수사관 한 명이 그의 어깨를 잡고 있었다.

"끌어내."

"끌어내?"

다른 사람도 아니고 변호사를 끌어내라는 식으로 말하는 이성갑의 행태에 노형진이 다시 화를 내려고 하자 검찰 수사관은 황급하게 그를 데리고 나왔다.

그리고 바깥에 나와서야 미안한 얼굴이 되었다.

"죄송합니다. 성격이 지랄 같아서."

목소리를 낮추고 말하는 검찰 수사관.

하긴, 검찰 수사관도 이성갑의 입장에서는 노예 같은 하층민일 테니 그에게 좋은 대우를 해 줄 리 없다.

"원래 저런 인간입니까?"

"네. 그러니까 그러려니 하세요."

"그러려니 할 수 있는 상황이 아니잖습니까?"

"그래도 어쩝니까, 배워 처먹은 걸 그렇게 처먹은 데다 힘이 있는 놈인데."

"끄응……."

노형진은 머리가 지끈거렸다.

설마 21세기인 지금도 저렇게 신분제를 신봉하는 녀석이 있으리라고는 생각도 못 했던 것이다.

'하긴…… 법적으로만 신분제가 없을 뿐이니…….'

법적으로야 신분제가 없지만 세상에는 분명히 신분이 존재한다. 인도에서 카스트제도가 금지되었지만 여전히 불가촉천민이 존재하는 것처럼 한국에서는 양반과 상놈의 구분이 불법이지만 여전히 신분을 나눠서 판단한다.

'그래도 너무하잖아?'

노형진은 한숨이 푹 나올 뿐이었다.

⚖

"뭐 그런 녀석이 다 있어?"

"그러게 말이다."

노형진은 머리가 지끈거리는 느낌이었다.

손채림 역시 이번 사건이 안타까웠다.

노형진이 이성갑을 만나는 사이 손채림은 서진수의 아내를 만나고 왔는데, 그녀는 심각한 우울증에 말 그대로 밥조차 먹으려 하지 않는 상황이었다.

이런 상황에서 진짜로 서진수가 실형을 받으면 자살을 선택할지도 모를 지경이었다.

"그래서 아내분은 상황이 어때?"

"병원에서도 강제로 영양제 주사를 놓고 있어. 우울증 약이라도 쓰면 좋겠지만……."

"임신한 상황이니 그럴 수도 없군."

결국 누군가가 버티게 해 줘야 하는데 솔직히 그게 쉬운 게 아니다. 그렇다고 스물네 시간 계속 누군가가 함께 있는 것도 쉬운 게 아니고.

"약점을 잡아서 겁주면 안 되나?"

엄연하게 불법이기는 하지만 몇 번 써 보기도 했기 때문에 솔직히 그 방법도 찾아보려고 했다.

그런데 한 가지 문제가 있었다.

"나도 그 생각은 했지. 그런데 건더기가 없어."

"뭐? 그렇게 성격이 개판인 녀석이 건더기가 없다고?"

"그게 그럴 만하더라고."

그의 집은 엄청난 부자다. 그리고 자신이 안 받아도 아버지에게 들어가는 돈이 적지 않을 것이다.

"그렇다 보니 뇌물을 받거나 접대를 받은 흔적이 없어."

"접대도 없다고? 그거 남자 맞아?"

이 바닥에서 접대를 거부하는 사람이 있는 줄은 몰랐기 때문에 손채림은 깜짝 놀랐다.

"혹시 그 녀석, 엄청 바른생활 사나이 아냐?"

"그랬으면 좋겠다. 그런데 접대를 거부하는 이유도 골 때려."

"뭔데?"

"더러워서 자기는 택시 안 탄단다. 친구에게서 나온 말이니 확실할 거야. 그 친구도 그다지 좋아하지는 않더만."

"택시를 안 탄다고?"

"그래."

"미쳤구나."

상대방이 아무리 직업적으로 남자를 상대하는 여성이라고 해도 이런 식의 말은 엄청나게 큰 모욕이다.

"결과적으로 뇌물도, 접대도 안 받는 선한 놈처럼 보이지만, 실질적으로는 선민의식으로 똘똘 뭉친 녀석이야. 그래서 딱히 약점을 잡을 만한 게 없어."

그래서 이성갑의 아버지인 이근성을 대상으로 삼아 볼까 생각도 했다.

하지만 이근성은 이미 4선 의원으로 권력의 비호를 받는 사람이다. 아무리 노형진이라고 해도 그를 건드리면 전면전을 각오해야 하는데, 설령 맞붙는다 해도 지지는 않겠지만 나중에 두고두고 문제가 될 가능성이 높다.

"그러니까 아버지는 빼고 이성갑만을 대상으로 판단해야 해."

"그러면 어떻게 할 거야? 이대로는 못해도 3년은 나올 텐데."

"글쎄……."

특정범죄가중처벌법에 따르면 상습 범죄는 3년 이상의 징역이다.

이 말은, 무조건 3년 이상의 형벌이 나온다는 소리다.

"하아!"

그에 반해서 형법상 절도죄는 그다지 처벌이 강하지 않다.

물론 6년 이하의 징역이라는 표현이 있기는 하지만 이하라는 건 말 그대로 이하, 그러니까 집유도 가능하다.

"일단은…… 꺼내는 것부터 하자."

"그래야겠지?"

당장 눈앞에 사람이 보이지 않으면 산모에게는 불안감이 가중될 것이다. 그렇기 때문에 노형진은 결판은 나중에 하고 일단은 구속되어 있는 서진수를 꺼내 오기로 했다.

⚖️

구속적부심사제도란 범죄자를 구속시킨 경우 그게 합당한

구속인지 심사하는 제도이다.

만일 그 구속이 절차상 잘못되었거나 그 이유가 없다고 한다면 일단은 풀어 준다. 물론 도주나 증거인멸의 가능성이 없어야 하지만 말이다.

"너 이 새끼."

노형진이 법원에 나타나자 기다리고 있던 이성갑은 이를 드러내면서 노형진을 노려보았다.

"죽으려고 환장했구나."

"전 법적인 과정을 밟을 뿐입니다만?"

노형진은 차갑게 말했다.

처음에는 읍소를 했다고 하지만 상대방이 들어줄 가능성이 없다면 더 이상 쩔쩔맬 이유가 없다. 그다음부터는 법의 판단에 맡겨야 한다.

"범죄자 새끼를 꺼내 주는 게 어디 있어!"

"같은 범죄자라고 해도 경중이 있는 법입니다."

"범죄에 경중이 어디 있어!"

"범죄의 경중은 분명히 있지요. 당신의 입장에서는 그게 뒤집혀 있을지도 모르지만."

"뭐라고?"

눈꼬리를 치뜨면서 노형진을 매섭게 바라보는 이성갑.

노형진은 그를 보고 코웃음을 쳤다.

'네가 그러면 안 되지.'

노형진은 사건을 준비하면서 그에 대해서 알아본 상태였다. 그리고 그가 말하는 정의란 전형적인 유전무죄 무전유죄 방식을 따른다는 것을 알았다.

뇌물이나 로비를 받지는 않지만, 상대적으로 돈이 있는 사람들에게는 선처해 주는 경향이 강했던 것이다.

'그러니까 돈이 많으면 상류층이다 이거지?'

상류층은 과거의 귀족처럼 처벌을 받지 않아도 된다는 생각. 그게 그의 생각이었던 것이다.

"억울하면 적부심사에서 뭐라고 하든가요."

이성갑은 이를 빠드득 갈았다.

그럴 수밖에 없는 게, 구속적부심사를 할 때는 기존에 구속영장을 발부해 준 판사는 제외한다.

'그리고 상식적으로 분유 하나 훔친 걸로 구속영장이 나온 것도 참 웃긴 일이란 말이지.'

그렇다는 건 그걸 해 준 판사는 뭔가 관련이 있는 사람이라는 소리다.

그런데 구속적부심사는 해당 판사를 제외하고 한다. 그러니 당연히 통과될 리 없다.

"이이익."

이를 박박 가는 이성갑.

노형진은 그를 무시하고 서진수와 함께 재판정으로 들어갔다.

재판정에 앉아 있던 판사는 피곤한 눈을 비비면서 입을 열었다.

"서진수 씨에 대한 구속적부심사를 시작하겠습니다."

구속정부심사는 재판과는 다르게 간략하게 진행된다. 그렇기 때문에 딱히 법적인 공방이나 정해진 문구를 사용할 이유까지는 없다.

"피고에서 적부심사를 신청했는데 검찰 측, 이거 도대체 왜 한 겁니까?"

"그거야 당연히 상습절도범이고 증거인멸 및 도주의 우려가 있기 때문입니다."

이성갑은 서진수가 도망갈 가능성이 높다고 이야기했지만 이미 판사는 모든 사건을 확인한 상태였다. 그리고 결론은 이미 나 있었다.

"보통은 내가 이렇게까지 안 물어보는데, 그 말 진심이에요?"

"네, 진심입니다."

"허."

판사조차 어이가 없다는 표정으로 이성갑을 바라보았다.

노형진은 그런 판사를 편들어 줬다.

"재판장님, 피고인이 훔치려고 했던 것은 오로지 분유 하나뿐이었습니다. 그마저도 절도에 성공하지 못하고 잡힌 상황입니다. 일반적으로 증거인멸이라고 하면 관련된 증거가 있어야 합니다. 그런데 그 증거라는 게 결국은 피고인이 아닌 경찰의 손에 있는 그 당시 CCTV 내역뿐이고, 그건 피고인이 인멸할 수 있는 증거가 아닙니다."

"그렇지요."

노형진이 예민한 부분을 공격하자 이성갑은 재빨리 말을 바꿨다.

"제가 진짜 걱정한 부분은 그게 아니라 피고인의 도주입니다. 피고인은 이미 수차례 절도 경험이 있는 상습범입니다. 그런 만큼 도주해서 은신할 가능성이 높다고 봐서 신청한 것입니다."

"도주요?"

아까 증거인멸도 말이 안 되는 소리지만 이건 더 말이 안 되는 소리였기 때문에 노형진은 이성갑을 바라보면서 비웃음을 지었다.

"피고인은 도주할 이유가 없습니다. 피고인에게는 현재 병원에 있는 아내와 배 속의 아이 그리고 이제 두 살이 되는 아이가 있습니다. 그들은 피고인의 도움이 없으면 생계조차 확실하지 않을 정도의 상황입니다. 그런데 그런 상황에서 피고인이 도주를 해요?"

"범죄자 새끼들에게 가족이 어디 있습니까? 겁나면 무조건 튀는 거지."

"애초에 이 범죄의 이유를 아셔야지요. 범죄의 대상은 분유입니다. 분유를 가져다 판다고 해도 기껏해야 한 3만 원이나 받을까요? 그런데 왜 훔쳤을까요? 바로 자신의 아이에게 먹이기 위한 겁니다. 그렇게 헌신적인 부모가, 걸렸다고 아내와 아이 그리고 배 속의 아이까지 버리고 은신한다는 게 말이 된다고 생각합니까?"

"도둑놈들이 다 그렇지, 뭘."

판사는 얼굴을 찡그렸다.

"검사, 도둑놈이라는 표현은 쓰지 마세요. 무슨 시정잡배도 아니고, 무죄 추정의 원칙 몰라요?"

"그거야……."

무죄 추정의 원칙이란 재판에서 유무죄가 결정되기 전에는 무조건 무죄로 본다는 법적인 논리다.

아무리 증거가 있고 고발되었다고 하지만 여전히 서진수는 재판을 받기 전이니, 그렇다면 무죄 추정의 원칙에 따라서 '도둑놈'이라든가 '범인'이라는 표현보다는 '피고인'이라는 표현을 써야 한다.

"이건 뭐……."

판사의 입장에서는 같지도 않은 구속적부심사라고 볼 수 있었다.

세상에 이런 얼토당토않은 사건으로 구속영장을 신청하는 녀석이 있을 거라고는 생각도 못 했다.

"검사 측, 피고인이 도주하거나 증거를 인멸할 가능성이 있다는 증거 있습니까?"

"전화해서 피해자에게 협박할 수도 있는 일이고……."

"재판장님, 이 사건에서 저희 새론을 선임한 사람은 피해자인 유병수 씨입니다. 그런데 왜 피고인이 피해자인 유병수 씨를 협박합니까? 더군다나 피고인 서진수 씨의 아내는 현재 임신성 고혈압 및 우울증으로 인해서 입원해 있고 유병수 씨 가족이 보살피고 있습니다. 협박을 할 이유가 없지요."

"뭐라고?"

그걸 알지 못했던 이성갑은 깜짝 놀랐다.

변호사를 선임하는 것은 범인이나 범인의 가족이지 피해자는 아니기 때문에 새론 역시 서진수가 선임했다고 생각했던 것이다.

"그래요?"

"네, 그렇습니다."

누가 돈을 냈는지는 선임계에는 들어가지 않으니 판사도 놀란 눈치였다.

그리고 그 덕분에 서진수가 협박으로 증거를 감추려고 한다는 말은 개소리가 되어 버렸다.

"더군다나 피고인 서진수 씨는 이미 경찰에서 사실을 시인했고 관련 증거 역시 확보된 상황이니 구속의 이유가 없습니다. 도리어 현재 상황에서는 아내의 건강을 위해서라도 서진수 씨는 풀려나야 한다고 생각됩니다. 산모의 우울증은 심각한 상황이니까."

판사는 고개를 끄덕거렸다. 이 상황에서 구속을 계속할 이유가 없었던 것이다.

"아무래도 구속 상태를 유지할 이유는 없는 것 같군요. 검사 측, 더 할 말 없습니까?"

"하지만 그는 상습범입니다!"

"상습범 문제는 재판에서 다룰 일이지, 구속적부심사에서 다룰 문제가 아닙니다. 설사 상습범이라고 할지라도 증거인 멸의 가능성도 없고 도주의 가능성도 없고 더더군다나 피해자에게 위해를 가할 가능성도 없는데, 무슨 이유로 구속을 유지한단 말입니까?"

"큭……."

"현 시간부로 구속영장의 효력을 정지시키겠습니다. 서진수 씨는 스물네 시간 이내에 풀려날 겁니다."

서진수의 얼굴이 환해졌다.

구치소에서 아내 걱정에 제대로 잠도 못 자던 상황이었는데 잠깐이나마 아내에게 갈 수 있게 된 것이다.

"감사합니다. 감사합니다."

"감사하기는 아직 이릅니다. 서진수 씨는 여전히 상습범이니까요."

고개를 숙이는 서진수를 흘낏 바라본 판사는 일어나서 바깥으로 나갔고, 방에 남은 이성갑은 노형진을 보면서 이를 박박 갈았다.

"이 개새끼. 내 얼굴에 똥칠을 해?"

"똥칠이 아니라 네가 제대로 일을 안 한 거지."

"나중에 두고 보자. 저 새끼는 무조건 최고 형량이다."

이를 박박 갈면서 나가는 이성갑.

노형진은 그걸 보면서 한숨만 나왔다.

"아니, 어떻게 저런 인간이 검사인지."

검사란 어떻게 보면 변호사보다 더 정의로운 사람이 해야 하는 일이다. 그런데 사람을 이분법적으로 보고 자기 이하면 무조건 쓰레기이니까 처벌을 강하게 한다는 그런 생각을 가진 사람이 검사라는 게 노형진은 안타까울 따름이었다.

"우, 우리 찍힌 거죠?"

"찍힌 거겠죠."

서진수는 그런 이성갑의 행동에 더럭 겁이 났다.

노형진은 그런 서진수를 진정시켰다.

"어차피 저 녀석은 서진수 씨를 풀어 줄 생각이 없습니다."

"네?"

"찍히든 안 찍히든, 서진수 씨를 감옥에 넣을 생각이라는 거죠."

"……."

"그러니까 무시하세요. 우리는 첫 번째 고비를 넘고 있을 뿐이니까요."

노형진은 그렇게 말하면서 이성갑이 나간 문을 물끄러미 바라보았다.

이것이 법이다

악법도 법이다? 개소리

"일단은 사람들의 동정심을 사는 쪽으로 전략을 구상해야 겠습니다."

"배심원 말인가?"

"네. 검사가 아무리 냉혈한이라고 할지라도 배심원은 일반인이죠."

"그렇기는 하지."

김성식은 노형진의 말에 고개를 끄덕거리면서 동조했다.

할 수 있는 일은 모두 해야 한다. 무죄로 만들 수 있는 상황이 아니니 형량이라도 줄여야 하기 때문이다.

"그리고 가능하면 감성에 호소해야 하나?"

"네. 그러면 최하 형량인 3년까지 깎을 수 있을 겁니다."

"더 깎을 수 있을까?"

"글쎄요……."

이성갑이 조금만 마음을 돌리면 서로가 좋게 끝날 수 있지만 그가 마음을 돌릴 가능성은 없는 게 문제다. 그렇기 때문에 다른 방법을 찾아야 하는 상황.

"일단은 사건에 들어가서 봐야 할 듯합니다."

결국은 아무런 대책도 없이 재판에 들어가는 것 말고는 마땅한 방법이 없었다.

⚖️

"친애하는 재판장님, 피고인 서진수는 상습절도범으로서 그 절도 횟수가 지난 3년간 무려 14회나 됩니다. 대부분의 경우 선처받을 수 있었지만 이제는 그 범죄자의 본능을 대놓고 드러내면서 선처를 요구하며 열다섯 번째 범죄를 저질렀습니다. 피고인은 반성한다는 말을 하고 있지만, 그 내면에는 진정한 반성이 없습니다. 이에 피고인에게는 그에 대한 처벌이 필요하다고 생각되어 징역 6년을 구형하는 바입니다. 이를 집행하여 법의 준엄함을 보여 줘야 한다고 생각합니다."

날카롭게 말하는 이성갑.

그는 마치 천하의 역적이나 파렴치한을 바라보는 시선으로 피고인석에 앉아 있는 서진수를 바라보았다.

"변호인 측, 발언하세요."

재판장도 사건에 대해서는 알고 있어서 그런지 별말을 하지 않고 노형진을 바라보았다.

"재판장님, 피고인이 과거에 수많은 실수를 저지른 것은 사실입니다. 그러나 우리가 집중해야 하는 것은 횟수가 아니라 그 당시 절도품들입니다. 피고인이 절도했던 물건들은 라면, 분유, 기저귀 및 쌀 등 생필품에 해당되는 물품입니다. 더군다나 대부분의 물품은 그 가액이 얼마 되지 않았고, 가장 비싼 것이 분유 정도입니다. 이는 피고인의 절도가 필사적인 이유에서 비롯되었다고 봐야 하는 가장 강력한 증거입니다."

노형진은 그 말을 하면서 힐끗 배심원 측을 바라보았다.

배심원들은 불쌍하다는 시선으로 서진수를 바라보고 있었다.

'일단…… 배심원 쪽은 유리하기는 한데…….'

배심원들 중 상당수는 기혼이었다.

노형진이 기피 신청을 하면서 가능하면 서진수에게 유리한 사람만 뽑으려고 했기 때문이다.

그렇다 보니 아내와 자식을 먹이기 위해서 도둑질을 할 수밖에 없었던 서진수를 불쌍하다는 듯 바라보는 시선이 강했다.

'그렇다고 해도…….'

최하 3년.

삶 자체가 절박한 가정에서는 무척이나 타격이 클 수밖에 없는 상황.

"재판장님, 그것은 상대적인 것이라고 봅니다. 물론 피고인이 상대적으로 저렴한 물건을 절도한 것은 맞습니다. 그러나 그 횟수는 일반적으로 반성했다고 보이는 숫자를 훨씬 넘어갑니다. 무려 15회입니다, 15회. 사람이 기회를 주면 감사할 줄을 알아야지, 무려 15회나 도둑질을 했습니다. 이는 진짜 반성한 게 아니라 자신의 위치가 사람들에게 동정심을 유발할 수 있다는 점을 이용하여 상습적으로 절도를 행한 것입니다."

노형진이 걱정하던 부분이 이것이었다.

어찌 되었건 15회라는 숫자는 작은 것이 아니니까.

'차라리 크게 한탕을 했으면 집유라도 나오지, 하아!'

크게 한탕하고 그냥 민사고 뭐고 철저하게 무시했다면 아마도 서진수는 그래도 편한 삶을 살았을지도 모른다.

그런데 자신들이 진짜 힘들 때마다 최대한 피해를 안 주려고 한 것이 도리어 문제가 된 것이다.

"더군다나 절도로 걸린 횟수가 15회라는 거지, 그 외에 발각되지 않거나 자체적으로 상황이 불쌍하다는 점을 어필하여 고소나 고발이 진행되지 않은 사건까지 합하면 적게는 수십 건, 많게는 수백 건이 될 수도 있습니다."

"끄응……."

사람들은 전과 1범이나 2범이 되어도 큰일 나는 줄 안다.

그런데 실제로도 중고 물품 사기 같은 건 전과가 수십 건은 되는 사람은 흔하며 백 단위를 넘어가는 사람들도 있다.

"재판장님, 수백 건이 넘는다는 것은 검사의 말도 안 되는 주장입니다."

"하지만 중고 사기 등을 보면 그러한 사건이 많습니다."

"중고 사기 등과 이번 사건은 그 패턴 자체가 다릅니다. 중고 사기 같은 것은 동시에 수건에서 수십 건씩의 사건이 한꺼번에 진행될 수 있는 화이트칼라 범죄에 들어가지만 이러한 절도는 피고인이 생존을 위해서 직접적으로 몰래 가지고 올 수밖에 없었던 만큼 동일하게 수백 건이 이루어질 수는 없습니다."

"하루에 도둑질 한 번만 하라는 법은 없습니다."

"그런 주장은 증거를 가지고 와서 하세요, 증거를!"

노형진은 거칠게 항의했지만 이성갑은 주저하지 않고 서진수를 매도했다.

"증거라는 게 벌써 열다섯 번이나 발각된 범죄 사실입니다. 그나마 분유 같은 건 크니까 걸렸지, 라면 같은 건 슬쩍 가방에 넣어서 나온다면 알 수 있는 게 아니지 않습니까?"

"증거가 없잖아요!"

"안 했다는 증거를 가지고 와 보시죠."

이성갑은 작심한 듯 노형진과 서진수를 공격했고, 보다 못한 판사조차 그런 이성갑에게 한 소리를 했다.

"검찰 측, 말조심하세요. 검찰의 존재 의의가 뭡니까? 범죄를 증명해서 범죄자를 처벌하는 겁니다. 그런데 상대방에게 범죄를 저지르지 않았다는 증거를 내놓으라고 하면 어떻게 합니까? 주의하세요."

"알겠습니다, 재판장님."

이성갑은 자신을 진정시키면서 공격을 계속했다.

"피고인은 이러한 범죄로 인해서 다수의 피해자들에게 심각한 피해를 입히면서 수년간 반성의 모습을 보이지 않았습니다. 아무리 생계로 인해서 어쩔 수 없이 절도했다고 주장한다 해도, 그건 어디까지나 그의 주장입니다. 솔직히 현대에 와서 먹을 게 없어서 도둑질을 하는 사람이 어디 있습니까? 한국에 그런 사람 없습니다. 정부에 지원 요청하면 돈도, 쌀도 다 나오는 세상인데 누가 도둑질을 합니까? 피고인은 진짜 생계를 위해서가 아니라 자신의 욕망을 해소하기 위해서 도둑질을 한 겁니다."

"허."

노형진은 현실을 이해하지 못하는 이성갑의 말에 어떻게 저런 녀석이 검사가 되었나 하는 걱정까지 되었다.

'하긴…… 이런 문제가 하루 이틀도 아니고.'

부모의 빵빵한 지원을 받으며 성공 가도를 달려온 사람은 일반적인 삶을 이해하지 못한다. 그래서 그들의 상식이라는 것은 일반적인 사람들의 상식과 다르다.

대표적인 예가 모 정치인이 버스비가 20원이라고 한 것이다. 그 당시 버스비는 800원이었다.

"대한민국에는 여전히 많은 극빈층이 있고 돈이 없어서 밥을 굶는 사람도 있습니다. 그들은 이성갑 검사의 말처럼 취미 삼아 또는 유흥비를 위해서 절도하는 게 아닙니다. 그러지 않으면 죽으니까, 그래서 하는 겁니다."

"흠……."

"더군다나 특정범죄가중처벌법상의 상습절도는 돈이 없을수록, 그리고 직위가 낮을수록 처벌이 강해지는 문제가 있습니다. 그 부분은 역사적으로 수많은 변호사들과 법률가들이 지적한 부분입니다."

가난해서, 살기 위해서 도둑질을 할수록 이 법은 사람을 가혹하게 다룬다.

"바로 얼마 전에도 살기 위해서 라면 두 개를 훔친 70대 노인에게 징역 3년이 떨어졌습니다. 그 당시 그 노인이 한 말이, 차라리 감옥에 가면 밥은 굶지 않으니 다행이라고 했습니다. 이게 제대로 된 법이라고 할 수 있습니까?"

그로 인해서 이 법은 헌법 소원에 들어가고 결국 헌법 불합치 결정이 되지만 그 시간은 여전히 멀었다.

"그렇기는 그러네."

"이상한 법이기는 해."

배심원들도 이 법의 문제점을 깨닫고는 서로 대화하기 시작했고 판사 역시 이 법의 문제에 대해서 알고 있었기 때문에 심각하게 고민하는 얼굴이 되었다.

"재판장님, 이건 궤변입니다."

그런 노형진의 반격에 바로 공격 태세로 들어가는 이성갑.

"소크라테스는 악법도 법이라고 했습니다. 그러면서 자신에게 부여된 사약을 먹고 당당하게 죽었습니다. 만일 피고인 서진수가 진심으로 반성한다면 당당하게 형벌을 받고 그 후에 다시는 이러한 범죄를 저지르지 않으면 되는 것입니다. 그가 당당해지는 방법은 6년 동안 자신의 죗값을 치르는 것뿐입니다."

사람들은 약간 곤란한 듯 서로를 바라보았다.

'악법도 법이다.'라는 말은 오래된 명언이고 그게 맞다고 생각하는 사람이 많으니까.

물론 노형진은 이게 얼마나 개소리인지 알고 있었다.

"검찰 측, 검찰 측은 '악법도 법이다.'라는 말이 어디에서 나온 건지 아십니까?"

"그거야 과거 그리스의 철학자 소크라테스가 죽으면서 한 말 아닙니까?"

아주 당연하다는 듯 말하는 그였지만 노형진에게는 개소리에 지나지 않았다.

"그러면 소크라테스는 문명을 문자로 남기는 것을 싫어하는 사람이었다는 걸 아십니까?"

"어?"

"네?"

그 말은 처음 들어 봤기 때문에 다들 노형진에게 시선을 돌렸다.

"소크라테스는 글이란 기억력과 사고력을 감소시킨다고 생각했던 사람입니다. 그런데 그가 '악법도 법이다.'라는 말을 글로 남겼다고요?"

"제자가 남긴 거 아니겠습니까?"

"소크라테스는 위대한 스승입니다. 그런데 그 스승이 글로 지식을 남기지 말라고 했는데 어떤 제자가 그런 짓을 하겠습니까?"

"어……."

"생각해 보니 그러네?"

사람들은 어리둥절한 얼굴이 되었다.

노형진의 말대로라면 그 말을 전달할 사람이 없기 때문이다.

"'악법도 법이다.'라는 말은 애초에 소크라테스가 한 적도 없는 말입니다."

"뭐라고요?"

"무슨 말도 안 되는 궤변이야!"

이성갑은 궤변이라고 주장했지만 노형진은 확실하게 그 출처를 알고 있었다.

"악법도 법이라는 말은 일본의 법철학자 오다카 도모오는

1930년대에 출판한 그의 책 《법철학法哲學》에서 실정법주의를 주장하면서 쓴 글입니다. 일제시대에 오다카 도모오가 이런 해석을 한 이유는 일본의 잔혹한 식민 통치를 합리화하기 위해서였습니다. 그리고 그걸 생각 없이 받아들인 게 대한민국 법조계였지요."

"말도 안 되는 소리입니다. 피고인 측은 어디서 주워들은 이야기를 마구 하는 모양입니다."

이성갑은 자신의 논리가 부정당하자 짜증이 나는 모양이었다.

하지만 그건 주워들은 게 아니었다.

"주워들은 게 아니라, 2004년에 대한민국의 헌법재판소가 오류라는 점을 지적하면서 교과부에 수정을 요구한 사실이 있는 진실입니다."

"......"

헌법재판소까지 나오자 말 그대로 꿀 먹은 벙어리가 되어 버린 이성갑이었다. 그게 진실이라면 자신의 무식만 티를 낸 셈이기 때문이다.

"소크라테스는 죽기 직전에 이런 말을 유언으로 남겼다고 합니다. '죽어 달라면 죽어 주겠다, 이 더러운 세상.'"

"큭......"

몇몇 사람들은 큭큭거리면서 웃었다. 자신들이 배우고 기억해 온 소크라테스와는 전혀 어울리지 않는 말이었기 때문이다.

"검찰 측은 악법도 법이라고 하지만, 악법은 지켜야 하는 대상이 아니라 고쳐야 하는 대상입니다. 만일 악법을 법이라는 이유로 무조건적으로 지켜야 한다면 인간에게 발전이란 있을 수가 없습니다. 자신에게 해가 되고 방해가 되는 것을 모조리 불법으로 만들어 버리면 그걸 지켜야만 하니까요."

이성갑은 서진수를 보면서 빈정거렸다.

"그렇게 마음에 안 들면 헌법 소원을 하든가요."

'나도 하고 싶다, 이 새끼야.'

하지만 그러기에는 시간이 없다.

물론 헌법 소원을 해서 싸운다면 위헌판결을 받아 낼 자신은 있다. 그 당시 기록에 대해서 기억하고 있으니까.

문제는 그 시간이 길어질수록 서진수와 그 가족들의 고통이 심해진다는 것이다.

실제로 서진수의 아내는 스트레스로 인해서 유산이 될 뻔하기도 했다. 때마침 서진수의 구속적부심사가 끝나서 풀려나지 않았다면 실제로 그런 일이 벌어졌을 가능성이 높다.

다행히 그가 풀려나면서 아슬아슬하게 안정을 찾아서 고비는 넘을 수 있었던 것이다.

'그 짓을 몇 년을 하면……'

그들이 지치지 않을 수는 없는 일.

"일단은…… 양측 주장은 알았습니다. 다음 기일을 잡도록 하지요."

판사는 양측의 변론을 모두 듣고는 그렇게 결정했다.

이성갑은 불편한 얼굴이 되었다.

이런 사건은 잡범에 들어가기 때문에 길게 끌지 않는다. 그런데도 다음 변론 기일을 잡겠다는 건 노형진과 서진수의 편을 들어 준다는 뜻이기 때문이다.

'흥, 그래 봤자다.'

그러나 법은 완벽하게 이성갑의 편이었기 때문에 그는 노형진에게 비웃음을 날리면서 재판정을 나갈 수 있었다.

⚖️

"노 변호사, 내가 이런 말 하면 그렇지만 이거 아무리 봐도 3년 형은 못 피합니다."

판사는 재판이 끝나고 난 후에 조용히 노형진을 불렀다.

보통 그렇게까지는 안 하지만 판사마저도 서진수의 사정이 딱했던 것이다.

"알고 있습니다."

"이성갑 검사가 매번 이런 식이니 뭐라고 할 수도 없고."

"그런가요?"

"말이 통하는 녀석이면 얼마나 좋겠습니까?"

판사는 안타깝다는 얼굴이 되었다.

"내가 최대한 기일은 늦춰 볼 테니까 방법을 찾아봐요. 안 그러면 어쩔 수가 없습니다. 배심원들도 일단 당신네들 편이 기는 한 것 같으니까요."

"네."

노형진은 대답했지만 그럴 수가 없다는 사실에 입안이 까끌거릴 뿐이었다.

⚖️

"아, 돌겠네⋯⋯."

노형진은 머리를 북북 긁으면서 중얼거렸다.

도무지 방법이 보이질 않았다. 법적으로 완벽하게 질 수밖에 없는 상황.

"씨발⋯⋯ 집유라도 좀 넣어 주든가⋯⋯."

집유 조항이라도 있으면 판사가 집유라도 넣어 주겠는데 이건 집행유예 조항도 없다. 그러니 어쩔 수 없이 실형이 확정된 상태.

"방법이 없어?"

"그래. 관련된 사건들 판례를 다 뒤져 봐도 뒤집은 사건이 없어. 관련 판례도 그다지 많지 않고."

"그래?"

"보통 이런 생계형은 검사가 알아서 선처해 주는 편이거든."

일반적으로 생계형 범죄는 검사가 특정범죄가중처벌법보

다는 형법을 적용해서 집행유예를 받을 수 있게 배려해 준다.

진짜 특정범죄가중처벌법을 적용받는 애들은 그런 생계형이 아닌, 말 그대로 유흥이나 돈 욕심에 사고를 친 녀석들이다. 그러니 관련 판례가 거의 없었다.

"그, 지난번에 말한 그 할아버지 사건도 마찬가지야?"

"뭐?"

"그 라면 훔쳤다는 사건."

"아, 그거? 그래. 그것도 어쩔 수 없이 처벌받았어. 그것도 3년을."

"너무한다, 진짜. 부자들은 수백억을 훔쳐도 집행유예가 나오는데."

"그러니까."

노형진은 머리를 북북 긁으면서 축 늘어졌다.

"진짜 하늘에서 뭐 방법 좀 안 떨어지나……."

"그러게 말이야."

"흠……."

노형진은 그렇게 말하면서 증거를 뒤적거렸다.

손채림 역시 도와줄 방법을 찾기 위해서 이것저것 봤지만 노형진이 방법을 찾지 못하는데 그녀가 찾을 수 있을 리 없다.

"에효…… 차라리 훔쳐 가서 먹이기라도 했으면 억울하지라도 않지. 이건 뭐, 제대로 가지고 가 보기도 전에 걸렸으니."

"그러게 말이야."

노형진은 무심하게 손채림의 말을 귀로 흘리면서 늘어지게 의자에 누웠다가 켕기는 것이 느껴져 벌떡 일어났다.

"지금 뭐라고 했어?"

"뭐? 억울하다고 한 거?"

"그래, 그거."

"훔쳐서 먹이기라도 했다면 억울하지는 않았을 거라고."

"그러고 보니……."

노형진은 황급하게 CCTV를 플레이시켰다.

그 당시 마트에 있던 CCTV로 범죄 영상이 찍혀 있어서, 가장 확실한 증거이자 뒤집을 수 없는 증거이기도 했다.

"그걸 또 봐서 뭐 하게? 이건 빼도 박도 못하는 증거잖아?"

"잠깐만. 가만히 있어 봐."

노형진은 손채림의 말을 무시하고는 뚫어져라 화면을 바라보았다. 그리고 히죽 웃었다.

"찾았다."

"뭘?"

"길을 찾았어."

노형진의 얼굴에 진한 미소가 흐르기 시작했다.

⚖️

"개자식. 오늘로 끝이다."

이성갑은 노형진을 보면서 이를 박박 갈았다.

천민 주제에 자신에게 그렇게 창피를 준 것을 용납할 수 없다는 얼굴이었다.

'이걸 확, 그냥.'

노형진은 마음속으로 밟아 버릴까 하는 생각이 들었다.

이성갑의 기준대로 돈이 계급이라면 자신은 그와는 비교도 못 할 만큼 신분 차이가 난다. 그가 귀족이라면 자신은 황족쯤 될 것이다.

'아니야, 일단 그건 나중에 생각하자고. 변호사면 변호사답게 법으로 밟아 버려야지.'

노형진은 길을 찾은 이후에 자신감이 피어올랐다.

물론 약간 법적인 논쟁이 있을 수 있는 부분이었지만 확실히 방법이 될 수 있기는 했다.

"그건 나중에 봅시다."

노형진은 피식 웃으면서 재판정으로 들어갔고, 얼마 후 재판이 정식으로 진행되었다.

"재판장님, 상황은 지난번과 같습니다. 피고인 측은 어떠한 증거도 내놓지 않았고 또한 기존의 증거를 반박할 수 있는 사항도 없습니다. 그러니 구형된 6년 형을 전부 인정하여 주시기 바랍니다."

재판장은 안타까운 시선으로 노형진을 바라보았다. 그건 배심원들도 마찬가지였다.

하지만 노형진은 그들의 눈빛을 당당하게 받았다. 그리고 자리에서 일어나서 자신이 찾은 길을 향해 한 걸음 나아갔다.

"재판장님, 저는 피고인 서진수 씨가 저지른 특정범죄가중처벌법상의 상습절도에 관하여 무죄를 주장하는 바입니다."

그 말에 다들 어리둥절한 표정이 되었다. 분명하게 범죄가 이루어졌다. 그리고 그 범죄에 대해서 수사가 진행되었다. 증거도 명확하고 말이다.

"무죄라니요? 지금 변호인은 우리가 없는 죄를 만들어 뒤집어씌우기라도 했다는 말입니까?"

검사는 어이가 없다는 듯 크게 항의했다.

"죄를 만들어 뒤집어씌우지는 않았지요. 하지만 법률의 적용을 제대로 하지 못했습니다."

"법률의 적용?"

"그렇습니다."

"도대체 무슨 법률적 하자가 있다는 거지요? 피고인은 무려 15회나 절도를 했고, 그로 인해 피해자가 발생한 것은 사실인데요?"

물론 맞는 말이다. 살기 위해서 아이와 아내를 먹이기 위해서 어쩔 수 없이 한 것이 사실이다. 노형진은 그 15회라는 점에 주목했다.

'한 번 걸리고 나서도 열다섯 번이나 도둑질을 할 사람이 아니다. 생존이 걸려 있기는 하지만 그렇게 후안무치한 사람

은 아니야.'

아니, 하기는 했다. 그건 본인도 인정하고 있다. 문제는 그 15회라는 인정한 부분이다.

"검찰 측은 그 15회라는 숫자를 어디서 확인했습니까?"

"그건 피고인이 진술한 내용을 바탕으로 한 것입니다."

"저 역시 그 진술서를 확인했습니다. 보통 훔친 물건이 라면이나 아기 분유나 2킬로그램짜리 쌀 등 생존을 위해서 어쩔 수 없이 한 경미한 범죄이지요."

노형진의 말에 검사는 피식 웃었다.

"죄가 경미해도 15회나 절도를 한 것은 사실입니다."

그 말에 서진수는 고개를 푹 숙였다. 자신이 저지른 죄이지만, 생존을 위해서 한 것이지만 너무 창피해서 고개를 들수가 없었다. 아무리 생존을 위해서라고 하지만 그런 짓을 했다는 것이 새삼스럽게 자괴감이 들었다.

"저 역시 그 부분은 인정합니다. 하지만 사람이 인정하는 것과 법이 인정하는 것은 다르지요."

"법이 인정하는 것은 다르다?"

노형진의 말에 다들 어리둥절했다. 사람이 인정하는 것과 법이 인정하는 것은 다르다는 게 이해가 가지 않았기 때문이다. 하지만 이야기를 들으면서 사람들은 자신도 모르게 탄성을 질렀다.

"검찰 측은 15회의 절도 내역을 피고인의 진술로 확보했다고 했습니다. 그렇지요?"

"그렇습니다."

"그러면 그와 관련해서 접수가 들어오거나 신고가 들어왔거나 피해 내역이 들어온 게 있습니까?"

"신고 내역?"

"그렇습니다."

"그건……."

그 말에 검사는 말문이 턱 막혔다.

모른다.

자신이 그걸 일일이 찾아다닐 이유도 없었고, 또 그럴 가치도 느끼지 못했다. 그렇게 되면 15건의 사건을 진행하라는 뜻인데, 일도 많아 죽겠는데 잡범 하나 잡자고 자신이 일에 치여 죽을 생각은 없었으니까.

가게도, 지역도 달라서 그걸 조사하려면 며칠은 거기에만 매달려야 하기 때문이다.

'그럴 줄 알았다.'

사람을 하찮게 보는 그가 제대로 수사하지 않을 거라는 노형진의 예상은 정확하게 맞아떨어졌다. 그 15회라는 숫자도 결국은 진술에 의한 숫자일 뿐.

"그게 중요합니까? 결국 도둑질을 한 것은 사실인데요."

"아주아주 중요합니다. 상습적으로 형법 제329조부터 제331조까지의 죄 또는 그 미수죄를 범한 사람은 무기 또는 3년 이상의 징역에 처한다. 이게 특정범죄가중처벌법상의 규정이거든요. 검찰 측도 그걸 기준으로 고발을 진행하였구요."

사실 이 규정은 이러한 장발장을 많이 양산하는 문제로 인해서 나중에 폐지된다. 하지만 지금은 살아 있는 상황. 그러니 어떻게 해서든 지금 상황을 벗어나야 한다.

"하지만 그 증거는 없지 않습니까?"

그 말에 이성갑은 말문이 턱하니 막혔다.

"분명히 법률상 상습적으로 절도를 한 자는 그에 대한 가중처벌을 하도록 되어 있습니다. 하지만 검사가 내놓은 절도의 증거는 이번 1회뿐입니다. 다른 14회의 절도의 증거는 내놓지 않고 있습니다."

"오오!"

뒤에서 들리는 작은 탄성. 이성갑은 그 탄성이 나오는 곳을 무섭게 노려보았다.

'젠장.'

별거 아닌 잡범이라서. 그래서 쉽게 집어넣을 수 있을 것 같아서 그냥 무시했다. 그러니 그런 증거가 있을 리가 없다.

"흠, 그렇군요. 검사, 15회의 절도 중에서 나머지 14회의 절도의 증거가 없군요."

"재판장님, 해당 범죄에 대해서는 피고인이 인정하였고……."

"인정하는 거야 쉽지요. 고문하는 방법도 있고 뒤집어씌우거나 겁주는 방법도 있고."

"우리 검찰을 뭘로 보는 겁니까!"

"검찰은 믿습니다. 하지만 시스템이라는 게 그렇지 않습니까? 전에도 가출 청소년이 전과 240범이 될 뻔한 적이 있었지요?"

"……."

이갑만은 그 말에 입을 다물었다. 실제로 경찰이 가출 청소년 하나를 잡아 그동안 미결 사건을 뒤집어씌워서 모조리 해결하려고 한 적이 있었기 때문이다.

다행히 물리적으로 불가능한 사건들이 겹치면서 이상하다는 사실이 드러나서 그 사건은 흐지부지되었지만.

"검사님도 직접 진술받은 것보다는 경찰에게서 받은 거 아닌가요?"

"큭."

경찰은 수사를, 검사는 고발을 한다. 그러니 경찰이 아래서 깽판을 치면 검사는 모를 수도 있다. 물론 그걸 알아내는 게 검사의 능력이지만.

"그럴 수도 있지."

"흠……."

배심원들이 고개를 끄덕거리는 것을 보면서 노형진은 속으로 씩 웃었다.

'한국 사람들 중에서 검찰과 경찰에 믿음을 가지고 있는 사람은 얼마나 될까? 후후후.'

배심원들은 죄를 판단하기 위해 온 사람들이다. 그러니 법적으로 깨끗한 일반인들이라는 뜻이다. 하지만 법적으로 깨끗하다는 것이 사법 시스템에 강한 믿음을 가지고 있다는 뜻은 아니다.

무전유죄 유전무죄. 사법 시스템의 가장 큰 문제점이고, 그로 인해 한국 사람들은 사법 시스템을 상당히 불신한다.

'그런데 증거도 없는데 과연 그걸 인정할까?'

아니나 다를까, 이성갑은 이를 빠드득 갈면서도 항변을 하지 못하고 있었다. 자신이 아무리 사람들을 개무시한다고 해도 그들의 인식을 바꾸라고 강요할 수는 없으니까.

"그 부분에 대해서는 수사를 진행하여 추후 보강하도록 하겠습니다."

결국 이성갑은 노형진을 노려보면서 한발 물러설 수밖에 없었다. 하지만 노형진이 그걸 가만히 두고 볼 리가 없었다.

"그럴 필요 없습니다."

"필요가 없다?"

"네, 해당 업소의 주인들을 모두 증인으로 신청하는 바입니다."

"뭐?"

이성갑이 순간 당황하는 사이 뒤쪽에서는 우르르 사람들이 일어났다.

"이분들은 피고인이 절도했다고 주장하는 곳의 주인들입니다, 재판장님. 증인으로 인정해 주시기 바랍니다."

전혀 예상하지 못한 상황이 벌어지자 당황하는 이성갑.

"인정합니다. 하지만 숫자가 많은 만큼 빠르게 질문해 주시기 바랍니다."

"알겠습니다."

노형진이 고개를 끄덕거렸고, 첫 번째 증인이 올라왔다.

"증인은 피고인 서진수를 본 적이 있습니까?"

"네. 가게에서 몇 번 물건을 사 간 사람입니다."

"그러면 그가 증인의 가게에서 절도를 한 적이 있습니까?"

"아니요."

"증인이 못 봤을 수도 있지 않습니까?"

"글쎄요? 그럴 수도 있지요."

"물건이 비거나 하는 경우가 많은가요?"

"작은 가게다 보니 없지는 않습니다."

"그러면 피고인 서진수가 물건을 훔쳤다는 증거는 없네요?"

"없죠."

증인의 말에 이성갑의 얼굴은 사정 없이 꾸겨지기 시작했다.

"피고인은 증인의 가게에서 라면을 두 개 훔쳤다고 자백했습니다. 실제로 라면이 비었나요?"

"우리 가게에 라면이 수백 개입니다. 그걸 일일이 확인할 수는 없죠. 하루에도 백 개가 넘는 라면이 들어오고 나가는데……."

"그러면 증인이 봤을 때 피고인 서진수 씨는 도둑질을 할 사람입니까?"

그 말에 증인은 고개를 흔들었다.

"아니요. 제가 보기엔 도둑질은커녕 법 없이도 살 사람입니다."

"이상입니다."

노형진은 웃으면서 질문을 끝내고 나왔다.

이성갑은 질문하러 나오면서도 얼굴을 펼 수가 없었다. 피해자가 피해가 없다는데 무슨 질문을 하겠는가?

그러한 광경은 무려 열네 번이나 진행되었고, 그럴수록 이성갑의 얼굴에는 허탈감만 가득하게 변해 갔다.

결국 질문이 끝났을 때 피해자는 열네 명 중에서 단 한 명도 없었다. 이성갑이 주장했던 상습적 절도라는 것은 존재하지도 않는 셈이 되어 버린 것이다.

"양측 다 변론 없습니까?"

판사는 모든 질문이 끝난 후에 이성갑과 노형진에게 물었다. 노형진은 그렇다는 듯 고개를 끄덕거렸지만, 이성갑은 고개도 들지 못했다. 자신이 완벽하게 패배했다는 사실 때문이었다.

판사는 그걸 그를 물끄러미 바라보다가 천천히 입을 열었다. 그의 목소리에서는 왠지 고소하다는 느낌이 나고 있었다.

"그러면 배심원분들은 평결하여 주시기 바랍니다."

드디어 들어간 평결.

노형진은 서진수를 데리고 대기실로 가서 기다리기 시작했다. 평결이 끝나고 난 후 바로 결심한다고 했기 때문이다.

"어떻게 될 것 같나?"

"잘되기를 빌어야지요."

"배심원들이 넘어올까?"

"그러고도 남을 겁니다."

"하지만 만에 하나라는 가능성이 있으니……."

김성식은 걱정스럽게 말했다.

그러자 노형진은 피식 웃었다.

"그럴 가능성은 없을 겁니다. 배심원들의 뇌리에 박힌 경찰의 이미지가 손바닥 뒤집듯 갑자기 바뀌지 않는 한은요."

"응?"

"경찰은 거듭된 불평등한 수사 행위로 인해 오래전에 국민들의 신뢰를 잃어버렸습니다. 이번 재판에서도 이러한 심리를 자극한 덕분에 이성갑을 밀어붙일 수 있었던 거지요."

"아!"

그렇다는 건 배심원들의 마음이 이미 서진수 측으로 기울었다는 뜻이니 이성갑 측으로 되돌리기가 힘들다는 소리가 된다.

"게다가 우리는 사건과 관련된 거의 모든 증인들로부터 피해가 없다는 증언을 받았습니다. 이성갑 측에서 새로운 증거를 제시하지 못하는 한, 이보다 강력한 것은 없겠죠."

"아, 제발, 제발……."

서진수는 두 손을 꼭 잡고 기도하고 있었다.

풀려만 난다면 다시는 이런 일이 벌어지지 않게 바르게 살겠노라고 하늘에 몇 번이나 맹세했다.

"잘될 겁니다."

노형진은 그런 서진수를 다독거리며 심호흡했다.

그렇게 얼마나 기다렸을까. 대기실의 문이 열리면서 법원 경비가 그들을 불렀다.

"갑시다."

노형진과 김성식은 서진수를 데리고 재판정으로 향했다.

그들이 들어갔을 때 이성갑 검사는 이미 와서 기다리고 있었다.

"그럼 바로 결심하겠습니다."

판사는 그렇게 말하면서 배심원들을 바라보았다. 배심원들의 말을 우선 들어야 하기 때문이다.

"꿀꺽……."

침을 삼키는 소리. 그리고 긴장감.

노형진이라 해도 이 순간만큼은 긴장감을 어쩔 수가 없었다.

"배심원의 결정은……."

배심원들의 결정이 적혀 있는 쪽지가 판사에게 넘어가고, 판사는 그걸 확인했다. 그리고 모두의 시선이 그의 입으로 향했다.

"무죄."

"하아!"

숨을 꾹 참고 있던 서진수는 무너지듯 흔들거렸다.

무죄라는 말에 기운이 쏙 빠진 것이다.

"아직은 끝난 거 아닙니다."

노형진은 그렇게 말하면서 판사를 바라보았다.

미국과 다르게 한국은 판사가 배심원의 평결을 뒤집을 수 있다. 아무리 배심원이 무죄를 말해도 판사가 유죄라고 하면 의미가 없다.

'이건 도박인데……'

말장난으로 판사가 해석할 수 있는 여지를 늘려 놨지만 그건 어디까지나 말장난이다. 그러니 판사가 무슨 선택을 할지는 알 수가 없었다.

"이번 사건에 대하여 판사는……"

노형진은 침을 꿀꺽 삼키면서 바라보았고, 판사의 입이 천천히 벌어지기 시작했다.

"무죄를 선고합니다."

"나이스!"

"만세!"

등 뒤에 있던 사람들의 환호성이 터져 나오자 노형진은 그제야 안도의 한숨을 내쉬면서 의자에 축 늘어졌다.

"역시나."

노형진은 판사가 보내 준 판결문을 살펴보고 있었다.

이번 사건에서 피고인은 미수인 것이 명확하니…… 특정법죄가중

처벌법상의 상습절도 규정의 미수범 규정은 그 의미를 명확하게 해석하기 곤란하며…… 이 때문에 형사소송법상 불명확한 것은 피고인에게 유리하게 해석한다는 대원칙에 따라 미수범의 규정은 331조 특수 절도에 한하여 적용된다고 볼 수 있으므로 절도 미수에 대하여는 특가법상의 무죄를 선고한다.

"자네 예상대로군."

"다행입니다."

판사는 노형진이 생각한 대로 확실하지 않은 규정에 대한 원칙을 적용해서 무죄를 선고한 것이다.

"이성갑이 상고한 건 어떻게 되었습니까?"

이성갑은 그 자리에서 길길이 날뛰면서 바로 상고했다. 하지만 그건 소용이 없는 짓이었다.

"그 녀석이 완전 똘추라 내 인맥이 안 먹혔을지 몰라도 상고는 먹히더군."

"하하하."

그가 상고한 건 바로 기각되었던 것이다.

상고를 받아들이는 건 그의 권한이 아니라 재판부의 권한이니까.

"대법원에 해당 문장에 대한 해석을 요청할까요?"

"그럴지도 모르지. 하지만 그래 봤자 소용없을 걸세."

이미 그는 패배했고 상고는 기각되었다. 그리고 검찰은 그 사건을 다른 검사에게 배당했고, 그 검사는 상식적인 수준에서 형법상 절도 미수로 고발했다.

그건 재판을 하기도 전에 집유가 나올 수밖에 없는 상황이다. 피해도 없고 피해자가 적극적으로 구제에 나서고 있으니 말이다.

"그러면 어떻게 되는 걸까?"

손채림은 그 후가 궁금한 모양이었다.

"아마도 집행유예가 나오겠지. 그건 초고속으로 진행될 거야. 이성갑이 대법원에 해석을 요청할지도 모르지만 이미 그때쯤이면 서진수는 집행유예 처벌을 받은 상황이 될 테지."

"그러면?"

"그렇게 되면 일사부재리의 원칙에 따라서 그는 서진수를 처벌할 수 없게 돼. 이번 사건에 대해서 집행유예 처벌을 이미 받은 거니까."

"거참, 복잡하네."

"그래도 이번 사건, 제법 심장이 두근거리지 않았어?"

노형진의 말에 손채림은 이해가 간다는 듯 씩 웃었다.

"이건 다 진 줄 알았다니까."

"나도 지는 줄 알았다."

"하여간 대단하다. 넌 잔머리 대마왕이야."

"하하하."

노형진은 그냥 웃고 말았다.

그만큼 이번 사건은 힘들었다. 만일 판사나 배심원들이 자신의 편이 아니었다면 절대로 이번 사건은 해결하지 못했을 것이다.

"그나저나 서진수 씨는 일 잘하고 있어?"

"다행히도. 아내분도 건강하고."

서진수는 무죄가 나온 후에 유병수의 가게에서 배달 업무를 하기 시작했다. 유병수가 그를 불쌍하게 여겨서 받아 준 것이다.

다행히 서진수가 딴 운전면허가 1종 보통이었기 때문에 때마침 마트에 있는 수동 배달 차량을 몰 수 있어서 가능했다.

"아내분도 퇴원하는 대로 캐셔로 일한다고 하더라."

"임신했는데?"

"원래 임신은 초기가 힘든 거지, 어느 정도 안정되면 괜찮아. 지금이야 초기니까 조심해야 하지만."

노형진은 고개를 끄덕거렸다. 힘든 사건이었지만 그래도 해피엔딩으로 끝날 수 있어 다행이었다.

"그나저나 이 법은 진짜 언제 없어질까?"

"조만간 없어질 겁니다."

"그런가?"

"네."

노형진은 비슷한 사태를 막기 위해서 헌법 소원 준비를 하기 시작했다.

모든 기록을 알고 있으니 이기는 것은 어려운 일이 아닐 것이고, 아마도 특가법상의 상습절도 조항은 원래 역사보다 빠르게 사라질 가능성이 높았다.

"장발장이 이제는 좀 없어졌으면 좋겠군."

"그랬으면 좋겠지만……."

노형진은 안다, 그건 인간이 유토피아를 꿈꾸는 것만큼이나 힘들다는 것을.

어쩌면 불가능할지도 모른다는 것 또한.

"일단은…… 우리가 할 수 있는 것을 하나씩 해 봐야지요."

결국은 그게 최선이었다.

⚖

얼마 후 노형진이 막 퇴근할 때였다.

"내 얼굴에 똥칠을 하다니…… 간땡이가 부었군."

건물 바깥으로 나오는데 누군가 노형진을 불렀다.

이성갑이 분노에 찬 눈으로 노형진을 노려보고 있었다.

"여기까지 어쩐 일이십니까?"

"언젠가 네놈을 짓밟아 버릴 거다."

"그래요?"

피식거리면서 웃는 노형진의 모습에 이성갑은 더 분노에 찬 얼굴이 되었다.

"세상 무서운 줄 모르는 놈이군. 우리 아버지가 누군지 알고 그러는 건가?"

아니나 다를까, 자신이 한번 지고 나자 아버지라는 카드를 들고 나오는 이성갑.

노형진은 그런 그를 보면서 혀를 끌끌거렸다.

'나이가 몇 살인데 아직도 아빠 타령이야? 애냐?'

스스로의 능력도 아니고 아버지의 능력으로 복수하려고 한다는 말에 노형진은 그에게 천천히 다가갔다.

그런 모습에 이성갑은 노형진이 사과하려고 한다고 생각한 건지 기고만장해졌다.

"이제 와서 반성은 늦었다. 소크라테스가 말했지, 너 자신을 알라고. 넌 너 자신을 알지 못했으니 그 책임을 져야지. 안 그래?"

이죽거리면서 노형진을 놀리는 이성갑.

노형진은 그런 그를 보면서 피식 비웃었다.

"일단 몇 가지 잘못 알고 있는데."

"뭐?"

"너 자신을 알라는 말은 소크라테스가 한 말이 아닙니다. 고대 그리스의 아폴로 신전 현관 기둥에 적혀 있던 말이지요. 명언을 인용하려면 정확하게 알고 인용하세요."

얼굴이 확 붉어지는 이성갑.

지난번에도 그걸로 인해서 그 개쪽을 당했는데 또다시 똑같은 꼴이 된 것이다.

"그리고 말입니다, 당신 아버지가 누군지는 잘 압니다. 그런데 정작 당신은 내가 누군지 모르는 것 같군요."

"뭐라고?"

"한번 물어보세요, 당신 아버지에게 내가 누군지. 만일 그걸 듣고도 나와 싸울 자신이 있다면 얼마든지 환영합니다. 물론 그에 상응하는 책임은 지셔야겠지만요."

"너 이 자식!"

그렇게 말하면서도 이성갑은 뭔가 이상하다는 생각을 했다. 아버지 정도 되는 사람이 일개 변호사를 알 거라고는 생각하기 힘들기 때문이다.

"마지막으로 당신의 그 귀족적인 자존심을 세우려면 일단 노블레스 오블리주부터 뭔지 아시길 바랍니다. 그런 것도 모르면서 귀족 흉내 내지 마시고."

"귀족 흉내?"

얼굴이 붉어지면서 분노를 감추지 못하는 이성갑.

노형진은 그를 바라보면서 대놓고 비웃었다.

"과연 당신의 자존심이 얼마나 값어치가 있는지 기대하지요."

노형진은 그에게 그렇게 말하면서 그 자리를 떠났다. 만일 그에게 자존심이 있다면 다시 덤벼들 거라 생각하면서 말이다.

그러나 결과적으로 노형진은 다시는 그를 볼 수가 없었다. 그가 새론 사건이라고 하면 무조건 도망을 다녔던 것이다.

그 모습에, 노형진은 피식 웃으면 이렇게 말할 뿐이었다.

"신분제 같은 소리 하고 자빠졌네."

그렇게 이성갑의 귀족적인 자존심은 용기와 함께 시궁창에 버려졌다.

영웅들에게는 고통이 따른다

"이창직 소방관님, 오랜만입니다."

노형진은 자신을 찾아온 이창직을 반갑게 맞이했다.

회식하러 간 식당에서 발생한 화재에서 노형진을 구해 준 그는 그 후에 노형진 덕분에 체불임금을 받을 수 있었고, 가끔 연락하고 지냈다.

"노 변호사님은 여전하십니다."

"저야 뭐 바뀔 게 뭐가 있습니까, 하하하."

노형진은 웃으면서 그에게 자리를 권했다. 그리고 시원한 음료수 한 잔을 꺼내 줬다.

"아직은 덥죠?"

"그러게요. 가을에 들어왔는데도 아직도 덥습니다."

이제는 가을인데도 불구하고 여전히 뜨거운 태양.

"날씨가 이제 열대지방처럼 되어 가나 봅니다."

"그러게 말입니다."

이런저런 이야기를 하면서 그 둘은 미소를 지었다.

그래도 과거에 비하면 훨씬 나아진 삶이기 때문이다.

"그나저나 직접 여기까지 찾아오신 걸 보면 부탁하실 게 있나 봅니다?"

노형진은 이창직을 보면서 물었다.

그는 지난번 사건 이후에 개인적으로 바깥에서 만난 적은 있어도 이렇게 사무실까지 오지는 않았던 것이다.

"그게…….."

"말씀하세요. 몇 번이나 말씀드렸잖습니까? 전 생명의 은인에게 그렇게 박하지 않다고. 하하하."

수억 정도는 쉽게 내줄 수 있는 게 노형진이다. 그러니 도움이 필요하다면 언제든 내줄 수 있다.

그런데 이창직 소방관이 이야기한 것은 돈 이야기가 아니었다. 정확하게는 돈 이야기이기는 하지만, 그 돈을 노형진에게 부탁하려고 하는 게 아니었다.

"사실은 정부를 대상으로 다시 소송해야 할 것 같습니다."

"정부를 대상으로 다시 소송을요? 또 월급을 안 주는 겁니까?"

노형진은 심각한 얼굴로 이창직을 바라보았다.

지난번에도 그래서 그렇게 한바탕했는데 또 그 짓을 한다면 진짜 염치도 없는 놈들이기 때문이다.

"그건 아닙니다. 그 이후에는 월급은 제대로 나옵니다."

"그런데 뭐가 문제인가요?"

"월급만 제대로 나온다는 겁니다."

"네?"

"그게…… 참 창피한 일인데……."

이창직은 노형진에게 지금 벌어지고 있는 일을 설명하기 시작했다.

이창직의 말에 따르면 월급은 그나마 꼬박꼬박 나온다고 한다. 문제는, 그 월급을 제외한 모든 것들이 미쳐 날뛰고 있다는 것.

"솔직히 이게 우리 죽으라고 하는 거지……."

소방 활동은 무척이나 위험한 일이다. 당장 불타는 집에 들어가서 사람을 구하기도 해야 하고, 언제 무너질지 모르는 집에 올라가서 물을 뿌리기도 해야 한다.

매년 그렇게 많은 사람들이 사고를 당하고 죽는다.

"그런데 그 일 이후에 보급이 완전히 끊어졌습니다."

"보급이 끊어져요?"

"네."

"그게 무슨 말인가요? 아니, 군대도 아닌데 보급이 끊어지다니?"

"그게 말이죠."

군인에게는 총이 있듯이 소방관에게도 불을 끄기 위해서
필요한 것이 있다. 대표적인 것이 방화복이나 산소통이나 기
타 등등. 그 외에도 많은 물건들이 필요하다.

그런데 모든 물건이 그렇듯이 이 물건들에도 수명이라는
게 있다. 사실 이렇게 험하게 쓸 수밖에 없는 물건들은 오히
려 수명이 더 짧다.

"그런데 아무것도 안 주더군요."

"아무것도 안 준다고요?"

"네. 소방에 필요한 방화복이나 방화 장갑, 내열복 같은
게 모조리 수명이 다했습니다. 그런데 안 줍니다."

"항의 안 하셨습니까?"

"항의했지요."

"그런데요?"

"그런데 뭐라고 하는지 아십니까? 월급 주느라고 돈이 없
어서 그거 살 돈이 없답니다."

"그건 또 무슨 개소리예요?"

예산은 그냥 막 짜는 게 아니다. 모두 들어갈 돈을 감안해
서 짜게 되어 있다.

당연히 월급과 장비 확보의 예산은 전혀 다르다.

"그러니까요. 우리를 바보 취급하더군요. '너희들이 돈을
달라고 하니까 그거부터 줘야지 어쩌겠어?' 이러면서, 그러
니까 장비는 몇 년 더 기다려야 한답니다. 당장 방열복이랑

방화복이 수명이 다해서 타 죽게 생겼는데요."

그 말에 노형진은 그들이 왜 그러는지 알 것 같았다.

"보복이군요."

"네."

월급을 달라고 한 일에 대한 보복.

자신들의 일에 대한 정당한 대가를 주장한 데에 대한 보복.

"이건 월급처럼 남에게 줄 권리도 아니잖습니까?"

노형진은 월급이 채권인 점을 감안해서 자신이 그 채권을 양도받고 그 후에 그걸 압류하는 식으로 월급을 받아 냈다.

하지만 이건 그들의 권리가 아니라 위에서 사용할 물건을 내려 주는 것이다. 당연히 그 권한은 각 지자체에 있다.

'이런 개새끼들을 봤나.'

감히 자신들에게 소송을 걸어온 소방관들을 엿 먹이려고 하는 일이다.

그런데 문제는, 장난삼아 던진 돌에 개구리는 맞아 죽는다는 말처럼 그들이 장난을 치는 장비는 소방관들의 목숨 줄이나 다름없다는 것이다.

그러니까 저들은, 지금 소방관들에게 나가 죽으라고 하는 것이나 진배없었다.

"그걸 놔둡니까?"

"미친 듯이 지랄도 해 보고 전화도 해 보고 닦달도 해 봤죠. 그런데 예산집행과에서 집행을 안 해요."

"그러면 개인적인 원한은 아니군요. 다른 지역에서도 마찬가지인가요?"

"그 당시에 소송에 참가했던 지역은 다 그렇습니다."

"너무나 뻔하네요. 개새끼들."

그런 장비가 없으면 소방관은 죽을 수밖에 없다.

당장 방열복만 해도 열을 100% 막아 주지는 못한다. 당연히 수명이 오래될수록 그 열기를 막는 한계가 점점 낮아지기 마련이다.

작게는 화상, 크게는 열기로 인한 사망까지 올 수도 있다.

더위 먹어서 사람 죽는 게 농담이 아니니까.

"그래서 제가 고민하다가 온 겁니다. 아무래도 우리를 길들이려고 하는 것 같아서요."

"이해가 갑니다."

지금 위에서는 협박하는 것이다.

너희들의 목숨 줄 같은 장비냐, 아니면 월급이냐.

둘 중 하나를 선택하기 싫으면 그만두라는 식으로 말이다.

"그래서 온 겁니다. 안 그래도 문제가 많은데, 이대로 가면 누구 하나 죽어도 이상하지 않을 겁니다."

"흠……."

노형진은 팔짱을 끼고는 턱을 문지르면서 고민에 빠졌다.

자신이 아무리 노력한다도 해도 예산집행은 그들의 권한이지, 자신의 권한이 아니다.

"아무래도 위에서 끼어든 것 같네요."

"위에서요?"

"이제 여름을 지나서 가을에 들어가고 있습니다. 조금 있으면 올해가 끝납니다. 그리고 예산은 올해 안에 쓰도록 되어 있지요. 그래서 1년 예산이라고 부르는 겁니다."

"그런데요?"

"조금 있으면 1년이 끝나는데 예산을 집행하지 않고 버티는 게 일개 직원이 앙심을 품어서 가능할 일이라고 생각하십니까?"

"그럼 진짜로 위에서 시켰단 말입니까?"

"그렇지 않으면 지금의 사태가 설명이 되지 않습니다."

"맙소사."

이창직은 하늘이 무너지는 듯한 얼굴이 되었다.

다른 곳도 아니고 지자체가 설마 그런 짓을 할 거라고는 생각도 못 했던 것이다.

"소방서는 지자체 소속의 단체입니다. 그리고 힘이 없는 단체이지요. 그런데 반기를 들었습니다. 정확하게는 그 단체가 아니라 거기에 속한 구성원들이 반기를 들었지요. 그러면 무슨 생각을 할까요? 아이고, 우리가 잘해야겠다? 천만에요. 인간, 특히 힘 있는 인간들은 그렇게 생각하지 않습니다."

힘도 없는 새끼들이 나한테 반기를 들어? 그렇게 생각할 게 뻔하고, 당연히 엿을 먹일 방법을 찾을 것이다.

"어떻게…… 그렇게……."

"그게 인간의 본성입니다."

공직에 올라가는 사람은 공직자로서의 자세가 되어야 한다.

하지만 우리나라에서는 공무원이나 선출직을 뽑을 때 그 공직자로서의 자세를 측정할 수 있는 것이 아무것도 없다.

소방관은 그 특성상 그렇지 않은 사람은 버틸 수가 없기 때문에 그렇지 않은 놈들이 나가떨어지지만, 다른 조직은 도리어 국민을 생각하면 나가떨어지고 아부와 로비를 잘하면 버틴다.

"그러니 그들의 입장에서는 보복할 방법을 찾겠지요. 그리고 그 방법이 바로 예산의 미집행입니다."

"그러면 조금만 더 버티면 줄까요?"

"글쎄요. 그럴 놈들이라면 벌써 줬을 겁니다."

"네?"

"인간은 한번 깎은 건 안 돌려줍니다."

"그게 무슨 소리죠?"

"쉽게 말해서 내년 예산을 깎을 핑계라는 거죠. 그러면 더 확실한 보복이 될 수 있고요."

"아니, 그게 무슨……."

정부의 예산은 나름의 규칙이 있다. 그중 하나가 바로 예산의 반납이다. 가령 올해 3억의 예산이 남아서 반납하면 규정에 따라서 그만큼 깎는 것이다.

"그러면 내년에는 사고 싶어도 살 수가 없죠. 아마도 여러 명이 죽고 나서야 꿈지럭거리면서 다시 예산을 늘릴 겁니다."

"아니, 그게 무슨 말도 안 되는 짓입니까!"

"그러게 말입니다. 제가 봐도 미친 짓이에요."

이러한 규정은 매년 예산을 과다 요청하는 것을 막기 위해서 생겼다고 한다.

하지만 말 그대로 탁상공론으로 만들어진 법인 게, 예산이 남으면 마구 퍼 줬으면 퍼 줬지 돌려주지는 않는다.

특히 건설 쪽은 마구잡이로 공사해서 예산을 다 써 버린다. 왜냐하면 건설의 경우 상당 금액이 뇌물로 돌아오기 때문이다.

그러다 보니 진짜로 아끼는 부서는 점차 돈이 부족하게 되어 일이 안 되고, 마구 쓰는 부서는 점점 더 예산이 늘어나는 이상한 현상이 벌어지는 것이다.

"소방 쪽은 건설과는 아무런 관련이 없으니까요. 그러니까 다 깎여도 상관없다는 식으로 나오겠죠."

"설마요."

'설마가 아니니까 문제지.'

노형진은 미래를 살다 온 사람이다.

무슨 사고가 날 때마다 정부에서는 소방에 대한 지원을 늘리겠다, 국가직으로 바꾸겠다 공약을 하지만 단 한 번도 그 약속이 지켜진 적은 없었다. 그저 이슈에 따라서 한번 유명해지는 게 목표였기 때문이다.

결과적으로 소방 업무는 살인적인 업무량으로 인해서 사람이 마구 죽어 나갈 뿐이었다.

"생각해 보세요. 왜 연말만 되면 멀쩡한 보도블록을 다 까뒤집겠습니까?"

"그거야……."

말을 하지 못하는 이창직 소방관.

노형진은 그 이유를 정확하게 말해 줬다.

"예산 때문이죠."

매년 받아 둔 예산.

그걸 진짜 써야 하는 부분에는 일단 아낀다. 혹시나 무슨 일이 벌어질지 모른다면서 말이다. 그러다가 연말이 되면 내년에 예산이 깎이지 않기 위해서 그걸 쓰는 것이다.

"문제는 계절이죠."

겨울은 필요한 토목공사를 하는 데에는 그다지 좋은 날씨가 아니다. 일단 땅이 얼어서 딱딱하기 때문에 일하기도 쉽지 않다.

"그리고 토목이라는 게 대규모로 갑자기 할 수 있는 게 아닙니다. 정해진 기간이 있지요. 제대로 된 토목공사는 못해도 6개월은 잡아야 합니다."

그럴 때 쓰는 게 바로 보도블록이다.

가스 배관 공사한다고 보도블록을 부수고 다시 그 자리에 수도 배관 공사를 한다고 다시 부수고 또 전기 배선 공사를 한다고 다시 부수는 식으로, 빠르게 몇 번씩 예산을 소모한다.

"소방관들에게도 이 부분을 노리는 걸 겁니다. 한번 예산이 깎이면 다시 확보하는 것은 쉬운 게 아니니까요."

"하지만 고정비라는 게 있지 않습니까? 수명이라는 것도 있고요."

소방차 같은 경우는 당장 수명이 다하면 화재가 나도 불을 끌 수가 없다. 그러니 끊임없이 정비해야 하며 주기적으로 교체해야 한다.

하지만 현실은 시궁창이라는 말이 있듯이, 그게 쉬운 게 아니다.

"이창직 소방관님, 정부에서 언제 그런 거 신경 쓴 적 있습니까? 제가 알기로는 이미 우리나라 소방차의 40%가 수명이 다했을 텐데요?"

"끄응······."

차량이 나온 기업에서 권해 준 수명을 이미 한참 넘긴 게 현실인 상황.

물론 업체의 입장에서는 팔기 위해서 좀 빡빡하게 잡았다고 할 수도 있지만, 그렇다고 해도 심각한 곳은 기대 수명이 무려 10년이나 지난 상황이다.

"위에서 그걸 모를 거라 생각하십니까?"

"······."

"위에서 예산을 배정하는 방식은 나한테 도움이 되는가 안 되는가이지, 진짜 필요한가 아닌가는 그다지 중요한 게 아닙니다. 아예 안 주지는 않겠지만, 그렇다고 절대 넉넉하게 주지도 않습니다."

하지만 자신에게 도움이 된다고 하면 터무니없을 정도로 많은 예산을 배정하기도 한다.

"끄응……."

이창직 소방관은 아무런 말도 하지 못한 채로 고민에 빠졌다. 노형진의 말대로라면 자신들이 입을 닥치거나 그만두는 것 말고는 방법이 없다는 뜻이기 때문이다.

"아마도 위에서는 여러분이 그만두기를 원하고 있을 겁니다. 그걸 노리고 하는 거구요."

"그만두기를 바란다고요?"

"네."

자신들에게 대들었던 소방관들을 모조리 잘라 버리고 고분고분한 사람들을 다시 뽑고 싶은 것이리라.

물론 소방관은 일의 특성상 상당히 힘들고 거칠어서 신입이 오면 그만큼 전력에 공백이 생긴다. 실질적으로 소방이라는 건 전쟁이나 마찬가지니까.

'그런데 그런 것에 신경 쓰면 정치인이 아니지.'

"도대체 누가 이런 짓을 한단 말입니까? 우리는 누구한테 피해를 준 적도 없는데."

소방관은 누군가를 구해 주는 직업이지, 피해를 주는 직업이 아니다.

그렇지만 노형진은 이런 짓을 저지를 만한 사람을 딱 한 사람 알고 있었다.

"딱 한 명 있죠. 이런 짓을 할 사람. 아마 이창직 소방관님도 아실 겁니다."

"망할 놈……."

이를 빠드득 가는 이창직.

이 사건의 주범이 누군지 금방 예상되었던 것이다.

다름 아닌 도지사 정광팔.

지난번 사건 때 자신의 사무실을 압류당한 녀석.

"그런 녀석들은 자기 명예는 소중해도 남의 목숨은 소중하게 생각하지 않습니다. 보복을 위해서, 그 과정에 사람 서너 명 죽는 건 신경도 안 쓸 위인이지요."

"어떻게……."

"애초에 정광팔은 공감 능력이 부족할 테니까요."

돈이 많을수록 공감 능력이 떨어진다는 것은 이미 수많은 연구에서 나온 사항이다.

문제는 정광팔은 할아버지 때부터 소문난 친일파로 엄청난 거부였다는 것이다. 그리고 그가 정치적으로 로비 같은 것에는 능하고 가면은 잘 쓰지만 가끔 저지르는 행동을 보면 공감 능력이 떨어진다는 징후는 여러 곳에서 나타나고 있었다.

"이미 그 녀석은 두 번째 도지사를 하고 있지요. 그 전에는 국회의원도 했고요. 또 엄청난 갑부라, 지역에서 그에게 머리 숙이는 사람은 많았을 겁니다. 아마 정치적으로 그 녀석에게 뭐라고 하는 사람은 없었을 겁니다."

정치적으로뿐만 아니라 사회적으로도 그럴 것이다.

"그런데 자신의 사무실에 딱지가 붙는 사태가 벌어졌죠. 그러니 앙심을 품었을 겁니다."

"하지만 그건 정광팔 개인이 아니라 공직자인 도지사에게 한 거 아닙니까?"

"그런 건 상관없습니다. 자신에게 대항했다는 것 자체를 그는 용납할 수 없는 거죠."

"큭."

"그리고 그 정도 되는 사람이 아니면 이런 일을 이렇게 체계적으로 저지르지는 못합니다."

소방관에 대한 처우가 개판인 거야 하루 이틀 문제가 아니지만 이창직의 말에 따르면 지금 벌어지고 있는 일은 무척이나 체계적이고 또한 공격적이다.

과거에 뭉기적거리던 것과는 다르게 아예 체계적인 고사 작전을 쓰고 있는 것이다.

"아마 여러분이 다 그만두거나 사고로 죽을 때까지 계속되겠지요."

"그렇지만…… 그러면 불은 누가 끄고요? 사람은 누가 구합니까?"

"그게 문제죠."

저들에게 사람이란 그냥 언제든 자를 수 있는 기계 정도밖에 안 된다.

'그러고 보니 하는 짓거리가 일제시대랑 똑같네.'

태평양전쟁 당시 일본군은 사람을 3전짜리 엽서 하나면 불러올 수 있는 소모품 취급을 했다. 그리고 정광팔 역시 그렇게 생각하고 있는 게 뻔했다.

"윗사람이 멍청하면 아랫사람이 고달픈 거죠."

하지만 소방 업무는 엄청난 경험과 용기가 필요한 힘든 일이다. 그걸 그냥 알바 뽑듯이 뽑아서 배치할 수 있는 게 아니다.

매년 수많은 소방관들을 뽑지만 언제나 인력은 부족한 이유가 그거다. 공무원이라고 그냥 만만하게 보고 덤볐다가 질려서 도망가는 사람이 적지 않으니까.

"저한테 찾아오셨으니 아실 겁니다. 아마 소송 말고는 방법이 없을 겁니다."

"하아!"

애초에 노형진을 찾아올 때, 이창직도 소송을 해야 한다는 생각은 했다. 그렇기 때문에 노형진의 사무실까지 왔던 것이다.

하지만 그걸 예상하는 것과 확정되는 건 전혀 다른 느낌이었다.

"문제는…… 소송으로도 방법이 없다는 거죠."

"네?"

소송으로 해결될 거라 예상하고 있던 이창직은 깜짝 놀랐다.

"현행법상 공무원의 복지부동을 처벌할 규정은 없습니다."

복지부동이란 말 그대로 배를 깔고 납작 엎드려서 움직이지 않는 상태로, 공무원들이 책임을 두려워해서 일하지 않으면서 차일피일 미루기만 하는 것을 뜻한다.

"그게 말이 됩니까? 업무상 배임이나……."

"업무상 배임은 업무와 관련해서 해서는 안 되는 일을 한 것에 대한 처벌입니다. 이건 그게 아니라, 해야 할 일을 안 하는 것뿐이지요."

"큭."

"더군다나 이건 개인이 한 게 아니라 위에서 시킨 거라 추정됩니다. 그런데 무슨 처벌이 있겠습니까?"

"……."

"일단은…… 제가 좀 알아보지요."

"하지만…… 의뢰비가……."

노형진은 빙긋 웃었다.

"영웅에게는 무료입니다."

⚖

"좀 알아보셨습니까?"

노형진은 일단 고문학에게 사태를 확인해 달라고 부탁했다. 자신의 예상이 맞지 않을 수도 있고, 다른 이유가 있을 수도 있기 때문이다.

그러나 원래 나쁜 기분은 틀리는 법이 없는 것처럼, 노형진의 예상은 그다지 어긋나지 않았다.

"위에서 떨어진 명령이 맞다고 합니다."

"그래요?"

"네."

고문학의 말에 따르면 상부에서 최대한 늦추라는 명령이 떨어졌다고 한다. 설사 내년에 예산을 반납하게 된다고 하더라도 말이다.

"아래서는 저항도 못 하고요?"

"할 수 있는 상대가 아니죠."

"하긴."

상대방은 다른 사람도 아니고 도지사다. 그에 대항하는 것은 한계가 있다.

"증거는?"

"그것 역시……."

"치밀하군요."

이런 건 공문서로 할 수 있는 게 아니다. 당연히 흔적이 남지 않는 다른 방식으로 할 것이다.

"그런데 어떻게 알아내신 겁니까?"

"결국은 이거죠."

손가락을 문지르는 고문학.

그 일을 하는 것도 결국은 하급 공무원이다. 적당히 찔러주면 위에서 어떤 압력이 내려오는지 정도는 이야기해 준다.

물론 철저하게 비밀로 하기 때문에 흔적을 안 남기는 조건이지만.

"상급자로부터 내려온 명령은 소방 관련 예산, 특히 장비와 안전에 대한 예산은 무조건 집행정지 상태로 대기하라는 거였답니다."

"흠, 그러면…… 말이 맞는군요."

이창직이 말한 것과 정확하게 일치하는 상황.

"그리고 그 명령은 부장급에서 내려왔다고 하더군요."

"부장이 소방관들에게 무슨 억하심정이라도 있나요?"

"그럴 리가요. 그들도 내근직이기는 하지만 소방관인데."

"그런데 예산을 집행하지 말라고 했다?"

"네."

부장급쯤 되면 아무래도 현장보다는 승진에 목을 매달 수밖에 없는 계급이다. 그리고 이런 명령은 잘못하면 승진은커녕 퇴출될 수도 있는 명령이다.

더군다나 엄밀하게 말하면 소방청 소속인 그가 그런 명령을 내릴 이유는 없다.

"그 이상은 접근할 수 없었지만, 노 변호사님 말씀대로 정광팔이 의심스럽습니다."

"네?"

"내년 소방관 선발 시험 합격 인원을 늘리라고 했다고 하더군요. 지난 몇 년간 계속 예산을 핑계로 줄여만 왔는데 내년만 유일하게 늘어났습니다."

"둘 중 하나군요. 인원이 부족한 사실을 깨닫고 추가 증원을 하려는 거든가, 아니면 인원이 부족하게 될 것을 알고 있든가."

"후자겠지요."

전자라면 참으로 좋겠지만 그의 성격을 봐서는 그럴 가능성은 높지 않을 듯했다.

"아무래도 이건 내 선에서 해결할 수 있는 문제가 아닌 것 같군요."

노형진은 이번 일을 해결하기 위해서는 자신의 능력뿐만 아니라 새론의 능력이 필요하다는 사실을 깨달았다.

🜨

"그런 일이 있었나?"

"네."

"거참……."

"소송에서 진 사람이 보복하는 거야 흔하게 벌어지는 일

아닙니까?"

무태식은 짜증스럽게 말했다.

물론 아예 안 볼 사람이고 또 관련이 없는 사람이라면 그 보복이 의미가 없지만 지금은 아니다.

"원한을 가진 사람이 상관이라…….""

송정한은 사태를 노형진에게 듣고는 머리가 지끈거렸다.

정치적인 문제에는 최대한 엮이고 싶지 않은 게 자신이고 또 새론의 방식이지만, 이런 건 피할 수가 없기 때문이다.

"노 변호사는 어떤가? 내가 봐서는 일반적인 방식으로는 대책이 없는 것 같은데."

"그렇지요. 이런 건 소송해 봐야 그 관리 책임은 위에 있다는 판결이 나올 테니까."

"대기업에서 부서 이동시키는 것과 마찬가지지요."

대기업이 정규직을 자르는 데에는 여러 가지 제약이 있다.

그래서 대기업이 쓰는 방식이, 자신들의 권한을 100% 이용하는 것이다. 대표적인 예가 바로 부서 발령.

평생을 콜 센터에서 상담하던 사람을 갑자기 서비스 센터로 발령하는 것이다.

서비스 센터는 수리하는 곳이고, 콜 센터에서 일하던 사람이 애초에 기계적인 지식이 있을 리 없다. 그곳에서 배우고 싶다고 해도 가르쳐 주지 않는다.

당연히 실적은 처참해지고, 그때는 자연스럽게 실적을 이유로 잘라 버린다.

"지금도 마찬가지입니다. 이런 식으로 하다 보면 기존에 있던 소방관들은 떠나지 않을 수가 없습니다. 당장이야 버티 겠지만 장비는 점점 노후화될 테고 소방관들의 안전은 위험 해지니까요. 자기 목숨을 지키기 위해서는 별수 없이 떠나야 지요."

듣고 있던 손채림이 안타깝게 말했다.

"그러면 우리가 도와주면 안 돼? 솔직히 소방 장비 정도는 지원해 줄 수 있잖아?"

"그건 한쪽 면만 보는 거야."

"한쪽 면만?"

"조금 더 시간은 줄 수 있지만, 그만큼 그들에게 들어가는 압력이 강해질 수밖에 없어."

"그게 무슨 소리야?"

"그런 게 있어."

노형진은 차마 미래에 있었던 일을 말할 수가 없었다.

미래에 소방관의 이런 처우가 크게 문제가 된 적이 있었 다. 그러자 사람들은 너도나도 나서서 모금을 해서 그들에게 필요한 장비를 지원해 줬다.

거기까지는 좋은 일이었다. 문제는 그다음이었다.

장비를 지원받았으니 장비를 추가할 필요가 없다며 해당 장비 예산이 전액 삭감되어 버린 것이다. 바꾼 장비보다 안

바꾼 장비가 더 많았는데도 말이다.

"더군다나 우리가 지원해 준다고 할 수 있는 건 기껏해야 소방 장갑 정도야. 방화복이나 방열복 같은 고가는 꿈도 못 꾼다고. 그리고 소방용 차량 같은 건 어쩔 건데? 그것도 대부분 수명이 다해 가고 있어."

"그래?"

"소방관용 방수 장갑은 한 켤레에 70만 원이야."

"뭐라고!"

손채림은 깜짝 놀랐다. 그 정도로 비쌀 거라고는 생각도 못 했기 때문이다.

"물론 싸구려도 있기는 하지. 그런데 그런 건 대부분 국가에서 지원하는 물건이야. 하청을 받아서 그냥 최저 기준만 맞춘 거지. 우리가 살 수 있는 게 아니야."

일반인이 사 줄 수 있는 것은 미국이나 유럽 등지에서 쓰는 소방 장갑이다. 그런 장갑은 튼튼하고 가벼우며 또한 안전하기도 하지만, 그만큼 가격이 나간다.

"결국 우리가 할 수 있는 최선의 방법은 그들을 쥐고 흔들어서 돈을 토해 내게 만드는 거야."

"하지만 토해 내지를 않고 있지."

송정한은 걱정스럽게 말했다.

"그러니까요."

작심하고 안 주는 상황이다. 이건 소송한다고 해도 의미가 없다.

"그리고 소송을 한다고 해도 상대방이 항소하게 되면 시간이 엄청나게 걸리겠죠."

1심이야 어떻게 빨리 간다고 해도 2심과 3심까지 가게 되면 못해도 2년은 걸릴 것이다. 분명히 정광팔은 그 방법을 쓸 것이다.

"그렇게 된다면 그만두지 않는다고 해도 사고로 누구 하나 죽을 수도 있습니다."

그런 위험천만한 방식으로 싸울 수는 없다. 그러니 직접적이고 확실한 방식으로 압력을 줘야 한다.

"자네가 압력을 줄 수 있겠나?"

결국 방법이 없다고 생각한 송정한은 조용히 듣고 있던 김성식을 바라보았다.

하지만 김성식은 고개를 흔들었다.

"대표님이 부탁하셔도 그건 무리일 것 같네요. 제가 아무리 중수부장 출신이라고 하지만 도지사급은 상대하기 힘듭니다. 사실 도지사급은 제가 현직이 있다고 해도 쉬운 상대는 아니죠. 하물며 정광팔은 더합니다. 그는 살아 있는 권력이니까요."

"더하다고?"

"네."

김성식은 그가 중수부에 있을 때 정광팔에 대해서 많은 이야기를 들었다.

들을 수밖에 없었다. 애초에 중수부는 그런 고위 공직자를 상대하기 위해서 만들어진 곳이니까.

"그런데 정광팔의 경우 건수는 많은데 확정된 게 없던 놈입니다. 그 녀석은 꼬리 감추는 데에는 도가 텄어요. 이거 소송해 봐야 꼬리도 안 나올 겁니다."

"건수는 많은데 확정된 것은 없다……."

"네. 언제나 의심이 되는 정황은 보이는데 그걸 뒷받침할 만한 증거는 없었습니다. 마치 지금처럼요."

정광팔이 방해하고 있다고 의심은 가지만 증거는 없다.

부장급이 그에 대해서 이야기할 리도 없고 말이다.

"그러면 신고나 고소를 해도 소용은 없겠네요."

"그렇겠지."

손채림의 말에 송정한은 고개를 끄덕거렸다.

"그리고 도지사라면 그 정도 사건은 무마할 수 있는 자리니까."

설사 어찌어찌해서 증거를 찾는다고 해도 제대로 된 처벌을 할 수 있는 건 아니라는 소리다.

"예산의 집행은 도지사의 권한이라는 소리죠."

노형진은 걱정스럽게 말했다.

"더군다나 노 변호사 말처럼 일을 안 하는 공무원에 대한 처벌 규정은 없습니다. 그러니 공무원들은 일하지 말라는 그의 명령을 거절하기보다는 그냥 일을 안 하는 쪽을 선택하죠. 전자는 확실하게 보복당하지만 후자는 딱히 이득도, 손해도 없으니까요."

"마치 전쟁 이후의 전범 재판 같은 상황이네요."

"그게 무슨 소리인가?"

손채림의 말에 고개를 갸웃하는 사람들.

하지만 그다음 순간, 그들은 그녀의 말에 수긍할 수밖에 없었다.

"시킨 사람은 없지만 저지른 사람은 위에서 시켰다고 하죠."

"……."

정확하게 맞는 말이다.

이걸 소송을 걸 수는 있겠지만, 정작 시킨 사람은 없고 다들 위에서 시켰다고 할 것이다.

'그리고 그게 끝이겠지.'

정상적인 과정이라면 당연히 그 명령이 어디서 나왔는지 수사하겠지만 정광팔은 아직 살아 있는 권력이니 수사가 제대로 진행될 리 없다.

"노 변호사, 그럼 좋은 방법이 있다고 생각하나?"

"일단은 만나서 협상해 볼 생각입니다."

"협상?"

"네."

만일 협상이 돼서 제대로 된다면 좋겠지만 솔직히 노형진은 그다지 기대는 하지 않았다.

"아이고, 이게 누구야? 노형진 변호사 아닌가? 오랜만이네."

자신을 아주 반갑게 맞이하는 정광팔을 보면서 노형진은 왠지 속이 쓰렸다.

'자신이 있다 이거군.'

자신은 정광팔에게 수치를 준 장본인이다. 그런 그를 이렇게 반갑게 맞이한다는 건 한 가지뿐이다.

노형진이라고 할지라도 방법이 없을 거라는 뜻이다.

"반갑습니다, 도지사님. 잘 지내시죠?"

"나야 잘 지내지. 언제나 바쁘고 말이야. 하하하, 앉도록 하게."

노형진은 그가 권해 준 자리에 앉아서 그를 물끄러미 바라보았다.

"왜 그러나?"

"그냥 요즘 어떻게 지내시나 궁금해서 말입니다."

"나야 바쁘지. 요즘 아무것도 모르면서 공권력에 반기를 드는 무식한 놈들이 너무 많아서 말이지."

"그런가요?"

"그래. 그런 녀석들에게는 세상이 얼마나 무서운지 알게 해 줘야 나중에 반성하지 않겠는가? 그렇다 보니 바쁘지."

물론 여기서 반기를 드는 무식한 놈들이란 소방관을 말한다.

노형진은 그의 말에 쓴웃음이 나왔다.

공권력.

공공의 이익을 위해서 써야 하는 공공의 힘. 그게 공권력
이다.

그러나 그는 자신의 개인 권력처럼 휘두르고 있다. 그런데
공권력이라니. 이건 공권력이 아니라 부패한 정치인의 타락
한 권력일 뿐이었다.

"하지만 세상의 모든 사람은 자기 할 일이 있습니다."

"그건 나도 마찬가지일세."

"그런데 일을 하다 보면 실수도 하고 그러는 거죠."

"실수를 했으면 책임을 져야지. 스스로의 행동에 대해서
책임도 안 지면서 일만 한다고 하면 그게 어찌 인간이라 하
겠는가?"

'이런 망할 새끼.'

그런 식으로 보면 대한민국 정치인의 90%는 인간이 아닐
것이다.

"도지사님, 그만하시죠."

노형진은 더 이상 말을 돌려서 할 이유가 없다고 생각했
다. 딱 봐도 그가 시킨 게 뻔한 모습이었다.

'그리고 내가 올 걸 예상했겠지.'

자신을 감시한 건 아니겠지만 자신이 소방관들과 친밀한 관계인 것은 알 것이다.

　　더군다나 노형진이라는 이름은 법률계에서 상당한 실력과 힘을 가진 사람으로 알려져 있으니 소방관들이 노형진에게 맡기는 것은 당연하다면 당연한 일.

　　"뭘 말인가?"

　　하지만 도지사는 마치 모르는 척하면서 되물었다.

　　"지금 하시는 거 말입니다. 그들이 하는 일은 모두 생명과 관련된 일입니다."

　　"사람이 참, 말을 그렇게 하나. 이 세상 모든 일은 생명과 관계가 되어 있다네. 청소부가 하루 놀면 세상은 더러워지고, 그러면 세균이 많아지고, 누군가는 병들어서 죽겠지. 청소부들에게 감사의 인사를 해야지. 안 그런가?"

　　말은 번지르르한 그의 행동에 노형진은 기가 막혔다.

　　'네가 그러면 안 되지!'

　　얼마 전에 청소부들에 대해서 모욕적인 언사를 했다가 문제가 된 것이 바로 그였다. 그런데 청소부들을 방패로 삼을 줄이야.

　　'그리고 그런 식으로 논리를 펼 거라면, 애초에 인간이 태어나면 안 되지. 아니, 인간이 존재하면 안 되지.'

　　인간이 존재하면 공해가 생기고, 그 공해 때문에 인간은 죽는다. 그러니 공해를 막기 위해서라도 인간은 존재해서는 안 되다는 말도 안 되는 논리인 셈이다.

"왜? 내가 하는 일이 불만인가?"

"솔직히 좋은 방법은 아니자 않습니까?"

"노 변호사, 무슨 말을 그렇게 섭섭하게 하나. 나는 법대로 일할 뿐이라네. 내가 언제 엉뚱한 생각을 한 적이 있었나? 난 국민과 이 나라를 위해 정치인으로서, 그리고 도지사로서 합법적으로 일하고 있단 말일세."

물론 합법적으로 하고 있기는 하다. 그가 지금까지 한 행동 중에 불법적인 것은 없다.

그는 예산집행의 전권을 가진 도지사이고, 당연히 특정 예산집행을 막을 수 있는 권한 역시 가지고 있다. 그러니 합법은 합법이다.

"이런 일이 벌어지면 피해는 국민들이 보게 되어 있습니다."

"내가 알 바 아니지. 난 합법적으로 일하고 있으니까."

히죽 웃는 정광팔.

'이 녀석은 협상할 생각 자체가 없구만.'

물론 합법은 아니다. 하지만 합법을 가장하고 있으며, 파고들어 봐야 아무것도 잡지 못할 것이다.

정광팔은 그걸 알고 있으니까 저러는 것이다.

"난 그냥 내 일을 하고 있을 뿐이야."

그 말에, 노형진은 자리에서 일어났다.

"왜? 벌써 가려고?"

"더 이상 이야기해 봐야 소용이 없겠네요."

"난 바빠서 멀리 안 나가네. 나중에 다시 만나세. 만날 수 있으면 말이야."

히죽 웃는 전광팔을 뒤돌아서 바라본 노형진은 조용히 그곳을 나와 버렸다.

"녀석은 보복을 멈출 생각이 없습니다."

노형진이 확실하게 말하자 다들 얼굴을 찌푸렸다.

"그리고 그 보복 대상에는 우리도 있습니다."

"뭐라고?"

"그게 무슨 말인가?"

송정한은 어리둥절한 얼굴이 되었다.

자신들에게 보복하다니? 자신들은 변호사다. 의뢰를 받아들여서 일한 것뿐이다.

하지만 노형진은 알 수 있었다. 그 녀석이 자신들을 그냥 두고 넘어가지 않을 생각임을.

그건 기억을 읽을 필요조차 없이 확실했다. 소방관에 대한 보복은 시작에 지나지 않았던 것이다.

"그건 불법일세."

"그 녀석이 불법을 신경 쓸 놈은 아니니까요."

"끄응…… 그런데 왜 우리한테는 손을 안 쓰는 건가?"

"우리는 힘이 있는 상태니까요."

"힘?"

"네."

아무리 도지사라고 해도 공기업도 아닌 사기업, 그것도 법률 회사에 관해서는 손대기 힘들다.

더군다나 새론은 대룡과 밀접한 관계에 있다.

정치인보다 위험한 것이 돈이고, 돈을 다루는 대기업은 섣불리 건들기 힘들다.

"하지만 지금 자리보다 더 높이 올라가면 분명히 보복할 겁니다."

"더 높은 자리?"

"정치인이라면 누구나 한 번쯤 꿈꾸는 자리가 있지요."

다들 얼굴에 썩소가 떠올랐다.

만인지상의 자리라 불리는 대통령. 그 자리에 있으면 대기업조차 두렵지 않다.

그리고 도지사급의 자리에 올라가면 대부분 한 번은 대권 도전이라는 큰 꿈을 꾸기 마련이다.

'그러고 보면…….'

정광팔은 숱하게 대권에 도전했다.

하지만 그는 정작 본선인 대통령 선거에 나온 적은 없다. 당 내부에서 그를 밀어주지 않았기 때문이다.

물론 원하면 탈당해서 무소속으로 나올 수 있었지만 그렇게 되면 당과 척을 져야 하기 때문에 그게 두려워서 매번 포기했다.

　'그런 걸 지금은 모르지만.'

　그 녀석이 대통령이 될 가능성은 희박하다. 아무리 역사가 바뀌어도 큰 틀을 바꾸는 건 어려운 일이니까.

　하지만 만에 하나라는 것도 있고, 설사 대통령이 아니라고 해도 도지사급이 자신들을 별로 안 좋아하면 여러모로 곤란한 것도 사실이다.

　"이건 단순히 소방관을 지키기 위해서 하는 게 아닙니다. 우리를 지키기 위해서 해야 하는 일이 되었습니다."

　"그 녀석이라면 그러고도 남지요."

　김성식조차 그의 그동안의 행동을 생각해 보고는 고개를 끄덕거렸다.

　"제가 여기서 느낀 게 뭐냐면, 그 녀석은 일종의 소시오패스 성향이 강하다는 겁니다."

　"소시오패스?"

　"네. 소시오패스의 복수심은 장난이 아니지요."

　소시오패스들은 단순 원한도 수십 년을 가지고 있다.

　미국에서는 단돈 몇십 달러로 싸운 일 가지고 수년이 지난 후에 상대방을 쏴 죽인 사건도 있다. 심지어 100달러를 빌렸는데 갚지 않는다고 어려서부터 친구인 사람을 생매장한 녀석도 있다.

"정상인인 척 사람들과 섞이면서도 말로 사람을 통제하려고 하고 권력을 추구하며 보복을 서슴지 않는다. 소시오패스라는 것에 대해서 제대로 알면 알수록 그 녀석과 동일하게 느껴집니다."

"설마……."

송정한은 믿기 힘들다는 얼굴이 되었다.

소시오패스는 위험한 정신병이다. 그런데 그런 인간이 대한민국 정치인이라니.

"도리어 그렇기 때문에 그 자리에 올라갈 수 있었을 겁니다."

"뭐라고?"

"소시오패스인 녀석들은 상대방에 대한 보복을 서슴지 않습니다. 자신에게 덤벼들거나 저항한다고 생각하면 가차 없이 밟아 버리죠. 그러니 더 위로 올라갈 가능성이 높습니다. 미국의 연구에 따르면, 일정 직급 이상의 성공을 한 사람들을 분석해 보면 소시오패스인 경우가 상당히 많다고 합니다."

"하지만…… 소시오패스는 살인마 아냐?"

"살인마가 될 가능성이 높은 거지, 소시오패스가 곧 살인마인 건 아니야."

그들은 인간과 감정을 교류하지 못하고 자신의 이득을 극단적으로 추구한다.

"아예 감정 자체가 없는 사이코패스와는 다르지."

"더군다나 소시오패스는 후천적인 경우가 제법 많습니다."

"흠……."

"그리고 정광팔은 후천적인 소시오패스가 될 가능성이 다분한 상황에서 자라났구요."

엄청난 부잣집에서 자랐으며 누구나 그를 우러러봤다. 그러니 남에 대한 존중이나 배려 등을 배울 기회 자체가 없었다.

"그러면 우리를 가만두지 않겠군."

"네."

노형진은 확신했다.

"이건 소방관만을 위한 전쟁이 아닙니다. 우리를 지키기 위해서는 그와 싸워야 합니다."

그렇게, 반갑지 않은 정치인과의 싸움이 시작되었다.

다음 권으로 이어집니다

이것이법이다

200평 초대형 24시 만화방

수면실
(침대식)

사우나석

다인석

샤워실

세탁기

신간100%

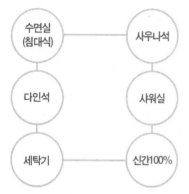

📖 수원 인계동점

● 나혜석거리 ● 농협

● CGV ● 수원시청역⑧

무비 사거리

소주한잔
건물
24시 만화방 3F

● 홍콩반점 ● 홈플러스

TEL : 031-226-3771
수원시 팔달구 인계동 1041-11 3층 24시 만화방

📖 의정부점

의정부역④
⑤

홍선지하도

◀서울방향

● 진성약국

● 던킨도넛츠

24시 만화방
3F

TEL : 031-856-3971
경기도 의정부시 의정부동 197-13 3층

📖 주안점

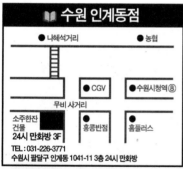

주안
남부역

◀제물포

민병철
어학원

간석동▶

●

25시 만화방 6F

TEL : 032-426-2871
인천광역시 주안남부역 지하상가 4번 출구 GS25시 건물 6층

📖 안양점

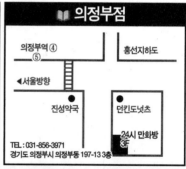

● 안양역

육교

◀관악역

명학역▶

●
농협

24시 만화방
2F
안양일번가

TEL : 031-466-3771
경기도 안양시 안양동 674-163 조이당구장건물 2층

ROK
MEDIA

이현비 게임 판타지 장편소설

하룬
:리로드
:Reload

H A R O O N

『하룬』『이든』의 작가, 이현비!
시작부터 다른 하룬과 함께 [reload]!

토네이도가 지나간 사막에서 기억을 잃고 발견된 하룬
밑바닥 인생의 헌터 지망생들에게 구출된 뒤
그에게만 들린 소리는?

-가이아 시스템에 접속합니다.
-성장 시스템을 가동합니다.

자신은 물론 다른 이의 상태마저 볼 수 있는 능력이 열리며
스텟과 스킬을 이용해 빠르게 강자가 되어 가는데……

남들과는 다르게! 더 빠르게!
기억이 없어도 누구보다도 막강한
NEW '하룬'의 헌터 적응기!

기이한 현대 판타지 장편소설

방송의제왕

"방송 작가의 필수 자질?
그건 방송 사고를 피해 가는 감이죠."

갑작스러운 교통사고로 데뷔 전으로 회귀한 세준!
미래의 '내'가 보내는 메시지로
한 많고 꽉 막혔던 인생,
이번에야말로 잘 살아 보려 하지만
기상천외한 방송계의 사건 사고들이 그의 앞을 가로막는데……

상위 5%의 작가들만이 앉는다는 '황금 방석'
그 이상을 넘보는 인간 한세준의
스릴 만점 '인생 2회 차' 개봉 박두!

ROK
MEDIA

魔教六弟
마교육제

송재일 신무협 장편소설

ROK ORIENTAL FANTASY STORY

『용권』의 작가 '송재일'의 신작!
한 소년의 무림 일대기 『마교육제』

유혈이 낭자했던 정마대전 이후 평화 유지를 위해
서로의 제자를 십 년간 맞교환하기로 한 무림맹과 마교

그러나 마교주의 다섯 제자가 아닌
듣도 보도 못한 '여섯 번째 제자' 소윤이 무림맹으로 가는데……

난데없이 무인의 길을 걷게 된 소윤이지만
협의를 알게 되고, 이를 행하기로 마음먹는다

협俠을 사랑하는 마교육제 소윤
정과 마를 아우르는 절대자로 우뚝 서다!